자기만의 (책)방

자기만의 (책)방

이유미 지음

drunken
editor

목차

Part 1 책

Part 2 방

Part 3 책방

엄지혜 작가의 프리뷰

¶

'행복은 장소가 만들어주지 않는다'는 말에 동의하지만, 때때로 마주치는 좋은 공간은 한 사람의 기분을 좌우한다고 생각한다. 하물며 좋은 인터뷰의 출발은 어떤 공간에서 만나느냐에 달려 있기도 하다.

카피라이터 이유미는 퇴사 후 '읽고 싶을 때 오는 책방 — 밑줄서점'을 열었다. 일일권을 구매하면 시간 제한 없이 마음껏 책을 읽을 수 있는 독특한 책방. 책에 밑줄 긋기를 즐기는 책방 주인의 공간욕이 여실히 드러난다.

다른 삶을 살아보자는 마음으로 3개월 만에 뚝딱 책방을 꾸린 이유미는 "책방에 있으면 퇴근하기 싫고 집에 있으면 얼른 책방으로 출근하고 싶다"고 말한다. 자신이 좋아하는 책들로 둘러싸인 공간이니 오죽할까. (심히 부럽다.)

그렇게 '혼자를 충족하는' 공간에서 엄마, 아내의 유니폼을 벗고 작가, 카피라이터, 책방 주인의 옷을 입는 이유미. 손님이 많은 날도 매출이 적은 날도 한결같이 살뜰하게 자신의 공간을 돌본다.

내가 더 행복해지려면 좋은 사람을 자주 만나야 하듯 공간도 그렇다. 내게 좋은 에너지를 주는 공간을 찾으면 능률이 업그레이드된다.

오래 전 이유미의 남편은 이사를 앞두고 "그 집에 살면 우리 생활이 바뀔 것 같지 않아?"라고 말했단다. 이 질문에 긍정의 답을 던졌던 이유미 작가는 이제 독자에게 이렇게 말하는 듯하다.

"당신이 좋아하는 공간, 어쩌면 생각보다 가까이 있을 수 있어요. 그리고 스스로 만들 수 있을지도 몰라요."

책으로 가득 찬 나만의 공간

¶

코로나19로 닫아두었던 책방에 오랜만에 손님이 왔다. 그가 책을 고르는 동안 나는 내 자리에 앉아 이 글을 쓰고 있다.

한참을 둘러보던 손님은 재밌는 책을 발견했는지 키득거리기도 한다. 어떤 책인지 궁금해 목을 쭉 빼고 살펴보고 싶지만 꾹 참는다. 책 고르는 손님을 빤히 바라보기에 민망할 만큼 작은 공간이니까.

책방을 찬찬히 둘러본 손님이 부러운 눈빛으로 말했다.

"이런 곳이 제 꿈이에요. 딱 이만한 공간이면 좋겠어요."

밑줄서점을 찾아온 손님들은 이런 말을 자주 한다. 꿈을 이뤄서 좋겠다는 말. 이런 공간을 가져야겠다는 목표가 생겼다는 말.

책을 좋아해서 책방을 찾아온 손님들이 하는 말이긴 하지만 각자 갖고 싶은 '딱 이만한 공간'이 꼭 서점인 건 아닐 것이다. 공간의 용도나 크기, 인테리어 취향의 차이는 있겠지만 누구나 자기만의 공간을 갖고 싶어 한다. 그게 집일 수도 있고 방일 수도 있고 나처럼 작은 가게일 수도 있다. 하물며 넓은 카페에서도 사람들은 자기만의 자리, 공간을 원하지 않나. 본능적으로 사람은 자기만의 공간을 필요로 한다. 그게 숨 쉴 구멍을 만들어주기 때문이다.

사람들이 말하는 것처럼 나는 꿈을 이뤘다. 작은 책방의 주인이 되는 게 소원이었으니까. 이렇게 빨리 소원성취를 하리라곤 생각하지 못했지만 지금 와서 되돌아보니 그건 '시간'의 문제라기보다 '포기'의 문제였다. 모든 게 다 갖춰질 때까지 기다릴 게 아니라 지금이 아니면 안 될 것들을 위해 손에 꼭 쥔 몇 가지를 놔버리면 되는 거였다.

책방을 열면서 내가 포기한 것들 중 가장 큰 건 안정적인 직장과 월급이다. 책방을 운영한 지 반년이 훌쩍 넘었지만 책을 얼마나 팔았는지, 수입은 어느 정도인지 단 한 번도 체크해보지 않았다. 책을 얼마나 팔았는지 따질 만큼의 수입이 되지 않아서가 아니다. 애초에 돈을 많이 벌겠다는 목적으로 시작한 가게가 아니기 때문이다.

책방 주인이 되기로 결심했을 때, 많은 이들이 드나드는 서점을 기획해서 얼마만큼의 수익을 내겠다는 계획은 없었다. 내 소중한 책들이 빼곡히 꽂힌 공간에서 종일 책 읽는 내 모습을 상상했다. 그 공간에 있는 내가 너무 행복할 것 같아서 그것만 바라보고 시작한 셈이다.

지금도 주문한 책이 택배로 도착하면 '이 책 얼마나 많이 팔

릴까?'보다는 '아, 너무 궁금해! 빨리 읽고 싶어!' 하면서
상자를 뜯는다. 회사 다닐 때 최고의 낙이었던, 온라인 서점
에서 주문한 책을 받아볼 때의 그 심정 그대로다. 하나도 달
라지지 않았다.

어떻게 보면 밑줄서점은 책방이기 전에 홀로 읽고 쓰는 작
업실, 그러니까 나만의 공간이란 의미가 더 클지 모른다. 나
는 그 누구보다 혼자 있는 걸 좋아하고 혼자여야 충전이 되
는 사람이니까. 그렇기에 이 공간은 나를 지탱해주는, 지금
내 일상에서 가장 중요한 역할을 하고 있는 곳이다. 언젠가
내 삶에서 이곳이 사라질지도 모른다고 생각하면 금세 슬
퍼진다.

이 책에는 막연히 서점을 꿈꿨던 과거부터 그걸 이룬 현재
까지, 오로지 나만의 공간을 갖고 싶다는 희망으로 지내온
시간이 고스란히 적혀 있다. 서점뿐 아니라 지극히 사적인
의미가 담긴 크고 작은 공간들에 대한 이야기들도 담았다.

내 공간에 대한 로망을 갖는다는 것, 내 공간에 대한 애착이 크다는 것은 나를 소중히 돌보고 싶다는 증거다. 내가 원하는 곳으로 나를 데려다주고 싶다는 마음. 지금 당장이 아니더라도 가슴 한 구석에 그런 상상을 품고 살아가는 것만으로도 충분하다. 이 책이 여러분 마음속의 그 로망을 조금이라도 충족시킬 수 있다면 좋겠다.

Part 1

책

우리 집 독서 스팟

¶

〈나 혼자 산다〉는 본방송을 챙겨보는 몇 안 되는 프로그램 중 하나다. 화려해 보이는 연예인들도 '사람 사는 거 다 똑같구나' 하며 지켜보는 재미가 있다.

허지웅 작가가 출연했을 때다. 까다로울 것 같은 그는 어떤 모습으로 살까? 스타워즈 광팬답게 수많은 피규어에다 빼곡하게 꽂힌 책, 다양한 운동 기구까지, 살림이 적은 편은 아니지만 복잡함 속에도 질서가 있었다. 구석구석 청소하며 살뜰히 물건들을 돌보는 그의 부지런함 덕분인 듯했다. 아침부터 저녁까지 카메라가 그의 하루를 좇았다.

일과가 마무리될 즈음, 그는 노란 불빛이 아늑하게 퍼지는 침대 위에 책 한 권을 들고 앉았다. 모서리 벽에 기댄 채 쿠션으로 된 간이책상을 허벅지 위에 올려놓고 책을 펼쳤다.

"책을 좀 읽는 분들은 집에 독서 스팟을 만들어보세요. 꽤 괜찮아요."

집 안에 독서 스팟이라, 그거라면 우리 집에도 있다. 바로 거실 소파. 그중 한 자리가 나의 독서 스팟이다. 긴 'ㄴ' 자 모양이라 등을 기대고 앉아 다리를 쭉 뻗을 수 있다.

오전 11시쯤 여기에 앉아 아침 햇살을 조명 삼아 책을 읽기 시작한다. 퇴사하기 전에는 잘 몰랐는데 이 시간대에 책이 참 잘 읽힌다. 아이는 어린이집에 갔고, 해야 할 집안일은 쌓여 있지만 손대고 싶지 않다.

아침 독서는 불을 켜지 않아도 햇살만으로도 가능하다는

장점이 있다. 지면에 그림자도 안 생기고, 종이에 떨어진 뽀얀 빛의 양이 적당해 눈의 피로도 적다. 이때는 가능하면 에세이나 단편 소설을 읽는 편이 낫다. 장편소설을 펼쳤다간 오후 3시까지 시간 가는 줄도 모르고 읽게 될지 모른다.

제일 좋아하는 아이스크림을 천천히 녹여 먹는 기분으로 책을 읽다가 중간중간 고개를 들어 벽시계를 본다. 시간은 어쩜 이렇게 잘 가는지, 긴 다리를 가진 시간이 내 사정은 아랑곳하지 않고 한 시간씩 성큼성큼 건너뛴다.

이때 다시 한번 상기할 것. 집안일은 하지 않는다. 안 그럼 걸레질하고 빨래하는 사이 아이가 돌아올 시간이 되고, 책 한번 못 펼쳐보고 어느 새 저녁이 돼버릴 테니까.

아이가 잠들면 다시 독서 스팟으로 돌아온다. 나는 반드시 하루 마감을 책 읽기로 하는 습관이 있다. 어떤 날은 '마감 독서'가 그날의 유일한 책 읽기가 되기도 한다. 육아와 살림에 시달린 끝에 건강한 피를 수혈받듯 주섬주섬 찾는 게 책이다.

밤의 독서 스팟에는 조명이 필요하다. 소파 옆 롱스탠드를 켜면 거실 조명은 꺼도 좋다. 핀 조명처럼 책 위에만 빛이 떨어져 집중도 훨씬 잘 된다. 자리가 사람을 만든다고 했던가? 자리가 습관을 만들기도 한다. 독서 스팟이야말로 책 읽는 시간을 만들어준다고 나는 생각한다. 독서에 필요한 조건을 갖춰놓으면 얼른 그 자리에 앉아 책을 읽고 싶어지니까.

밤에는 아침과 달리 고요한 정적이 더해져 책이 부드럽게 소화된다. 독서 스팟에는 책과 함께 일기장이나 노트를 두는 것도 추천한다. 책을 읽다가 좋은 문장을 발견했을 때 곧장 노트를 펼쳐 필사할 수 있도록. 손 닿는 곳에 노트가 없으면 다음으로 미루기 쉬운데, 이렇게 하면 독서의 흐름을 끊지 않으면서도 필사나 메모하는 습관을 들일 수 있다.

오늘 해야 할 일들을 모두 마친 뒤, 독서 스팟의 조명을 켜는 시간. 고요하고 따뜻한 보상의 시간이다. 온전히 읽고 쓰기 위한 나만의 공간이 열린다. 은은한 불빛 아래 차분히 하루를 정리하는 시간을 '굳이' 갖는 것이다. 누구와 함께 살건 그때만은 오롯이 나에게 집중할 수 있다. 작은 공간이라도 독서 스팟 하나쯤 만들어보면 어떨까.

하루의 마무리, 밤의 루틴

¶

6년 전, 지금 살고 있는 이 집을 구할 때였다. 부동산 사이트에서 먼저 사진으로 접한 뒤 실제로 보기 위해 남편과 함께 나섰다. 만삭의 임산부였을 때라 살이 너무 쪄서 한 발짝 내딛기도 힘들었지만, 아이가 태어나기 전에 새집으로 이사하고 싶은 욕심에 조금 무리하며 집을 보러 다녔다.

사진으로 본 집은 산이 가까운 5층짜리 신축빌라의 꼭대기 층이었다. 복층에 테라스가 있는 집. 이사할 때마다 차고 넘

치는 내 책들 때문에 공간이 늘 모자랐는데, 여기라면 복층에 책들을 다 몰아넣을 수 있을 것 같았다.

베란다 문을 열고 나가면 손 닿을 거리에 웅장한 산이 병풍처럼 펼쳐져 있었다. 막힌 곳 없이 사방이 뻥뻥 뚫려 있어, 한겨울이지만 춥다기보다 상쾌한 기운이 도는 집이었다.

마음 같아선 얼른 계약하고 싶었지만 대출을 더 받아야 하는 금전적인 문제도 있었기 때문에 조금 더 고민해보겠다고 중개인에게 말했다. 그날 밤, 남편과 나란히 침대에 누워 이런저런 이야기를 나누는데 그가 갑자기 이런 말을 했다.

"그 집에서 살면 우리 생활이 바뀔 것 같지 않아?"

구체적으로 그 '생활'이 뭔지는 정확히 몰라도 감이 잡혔다. 나는 누운 채 고개를 끄덕였다. 남편의 그 한마디로, 흔들리던 마음에 확신이 생겼다. 곧바로 집을 계약했다.

진짜 그 말대로 생활이 바뀌었냐고 묻는다면, 반은 맞고 반은 아니다. 복층에 테라스가 있으면 아침 일찍 일어나 테라스에서 커피도 마시고 산도 내다보면서 개운하게 기지개를 펼 것 같았다. 그러나 현실은 대부분 늦잠이었다.

절반의 성공은 남편 차지였다. 내 책으로 가득 채울 것 같았던 복층 공간은 남편의 동굴이 되었다. 남편은 차근차근 본인 취향으로 그 공간을 꾸며나갔다.

요즘 우리는 아이가 잠들고 나면, 나는 거실로 나오고 남편은 위층으로 올라간다. 한 집에 있지만 각자의 공간으로 파고든다. 나는 독서 스팟에 자리를 잡고 책을 읽기 시작한다. SNS도 하고 일기도 쓴다. 커피나 콜라 같은 마실 거리를 들고 조용히 계단을 오른 남편은 잠들기 직전까지 내려오지 않는다.

같이 있자거나 혼자서 뭐하는 거냐고 서로 묻지 않은 지도 오래다. 사실 크게 궁금하지도 않을뿐더러 각자의 시간이 너무나 소중한 걸 잘 알아서다. 홀로 책 읽는 시간이 내게 너무 간절하듯, 그도 퇴근 후 게임하고 유튜브 보는 개인 시간이 필요할 것이다.

오후에 책방으로 출근하는 나는 보통 새벽 3시까지 그 자리에서 책을 읽고 남편은 자정쯤 내려와 양치질을 하고 방으로 들어가 잠을 잔다. 그는 나에게 "늦었는데 이제 그만 자"라거나 "언제 자려고 그래?"라고 딱히 묻지 않는다. 남편은 베개에 머리를 대면 3분 만에 코를 골고 자는 사람이기 때문에 굳이 함께 잠들 필요도 없다.

그와 나는 이렇게 각자의 공간에서 자기만의 시간을 보내며 하루를 마무리한다. 각자의 즐거움을 위해 서로를 필요로 하지 않으니 더할 나위 없이 좋다.

책방이라는 꿈

¶

2019년 9월 30일을 끝으로 8년 2개월 다닌 29CM(온라인 편집숍 이십구센티미터)를 퇴사했다. 어쩌면 급작스러운 결정이었지만 살아오면서 거의 처음 느껴본 확신이었다. 그리고 그해 12월 16일, 동네에 작은 책방을 열었다.

나는 애사심 높은 직원이었다. 회사도 오래 다닐 생각이었다. 나와 입사 시기가 비슷한 동료들이 하나둘 퇴사하고 이직할 때도 흔들림 없이 내 갈 길을 갔다. 무엇보다 일에 대한 자부심이 컸다.

회사의 방향이나 동료도 중요하지만 내 일을 가장 우선적으로 생각했고 거기서 많은 보람을 느꼈다. 하지만 여섯 살 아이를 둔 워킹맘이라 언제까지고 회사를 다닐 순 없을 테니 적어도 아이가 초등학교 입학할 때까지는 다니자고 결심했었다.

잔잔하던 일상에 파장이 생기기 시작한 건 사무실이 합정에서 선릉으로 이사한 뒤부터였다. 안양과 강남을 오가는 출퇴근은 단순히 거리만 멀어진 게 아니었다. 아이의 등하원을 챙겨야 하니 새벽 5시에는 일어나야 했고, 서둘러 퇴근해도 아이 밥 먹이고 씻기고 나면 어느새 잘 시간이었다. 조용히 혼자 책을 읽거나 글을 쓸 수 있는 시간이 전혀 나질 않았다.

회사 이사 후 3개월간 매일 왕복 4시간을 길바닥에 쏟으며 많은 생각이 들었다. 앞으로 계속해서 이렇게 다닐 수 있을까? 이런 삶에서 내가 얻는 것과 잃는 것은 뭘까? 지금이 아니면 안 되는 건 뭐지?

매달 꼬박꼬박 통장에 찍히는 돈을 무시할 순 없었다. 그렇지만 생각을 곱씹을수록 월급은 내게 가장 중요한 것이 아니라는 판단이 들었다. 할 수만 있다면 돈을 주고라도 시간을 사고 싶었다. 이렇게 날마다 "힘들어, 힘들어" 소리를 달고 하루를, 일주일을, 내 삶을 소진할 순 없었다.

언제까지 미래만 바라보면서 오늘을 저당 잡혀야 되는 거지? 막연한 그 미래의 내 나이를 떠올려봤다. 나도 벌써 사십 대다. 더 이상 젊은 축에 낄 수 없는 나이. 하루라도 더 나이 들기 전에, 이제라도 다른 삶을 살아보는 것도 괜찮잖아? 한 살씩 먹을수록 용기는 더 나지 않을 텐데. 그래, 어쩌면 지금이 적기일지도 몰라!

갑자기 마음이 홀가분해지면서 설레기 시작했다. 이제 다른 삶을 살아보자. 오랫동안 꿈꾸던 걸 해보는 거야.

회사에 퇴사 의사를 전하던 날, 집 근처에 몇 달째 비어 있던 10평 남짓한 가게가 떠올랐다. 퇴근길에 가게 문에 붙어 있는 임대 문의 번호로 전화를 걸었다. 보증금과 월세 조건이 나쁘지 않았다. 이렇게 진짜 책방을 열게 되는 건가. 전화를 끊고 집으로 가면서도 실감이 나질 않았다.

책방 주인이 되는 건 오랫동안 품고 있던 막연한 꿈이었다. 근데 이렇게 즉흥적으로, 예상치 못한 계기로 소원이 이뤄지다니. 그건 다른 누구도 아닌 내 스스로 이뤄준 소원이었다. 여태까지와는 또 다른 방식으로 살아본다는 조건으로.

계속 점을 찍었더니 선이 되었네

¶

15년 전 같은 직장에 다니던 후배들을 만나고 왔다. 그중 둘이 얼마 전 결혼을 했는데, 내가 사정이 생겨 결혼식에 참석하지 못해 따로 모인 자리였다. 장소는 또 다른 후배 A의 집. A는 퇴사 후 우연한 계기로 떡케이크에 매력을 느껴 열심히 배우다가 요즘은 직접 수강생들을 가르치고 있다. A의 강습이 늦게 끝나는 바람에 모두들 그녀의 집으로 모였다.

사는 게 뭐 그리 바쁜지 퇴사 후 처음 보는 거나 다름없었다. 다들 그립고 보고 싶은 얼굴들이었다. 내가 먼저 도착해 A와 안부를 나누는 사이, 이제 막 부부가 된 B와 C가 도착했다.

"저 아직도 잊지 못하는 게 있는데요. 우리 모두 한 팀이었을 땐데, 그날 아마 전체 회의를 하는 날이었을 거예요. 10년 후의 내 모습을 써오는 과제가 있었거든요? 그때 다른 사람들은 지금 하는 일을 더 잘했으면 좋겠다고 썼는데 언니는 서점하는 거라고 했던 게 기억나요."

나를 유난히 따르던 B가 말했다.

"정말? 내가 그랬어?"

"네. 제가 분명히 기억하고 있어요. 최근에 언니가 인스타그램에서 서점 준비 중이라고 했을 때, 아… 이 언니는 말하는 대로 이뤄가고 있구나 하고 생각했어요."

전체 회의에 팀장님이 과제를 내줬다는 사실도 뜨악했는데 그 과제가 10년 후 나의 모습을 써오는 거였다니. 그런 걸

발표까지 했다는 게 다소 황당했지만, 15년 전에도 내 꿈은 책방을 여는 거였다는 것만은 또렷이 기억한다.

나는 왜 그렇게 책방이 하고 싶었을까? 대단한 이유는 없을 것이다. 단순히 나만의 공간에서 가장 좋아하는 일(독서)을 하는 게 꿈이었을 뿐.

돌이켜보면 삶이란 '점을 찍는 일' 같다. 그리고 그 점들이 '선으로 연결되는 순간', 꿈으로 완성되는 게 아닐까 싶다.

좋아하는 책을 부지런히 읽는 것, 밑줄을 긋고 필사를 하고 내 글을 쓰는 것, 시간을 쪼개가며 좋아하는 일들을 그렇게 짬짬이 이어가는 것, 그런 순간들을 점처럼 찍다 보니 어느새 하나의 선으로 연결되어 있었다.

미술학원 강사, 편집디자이너, 에디터, 카피라이터, 작가, 그리고 책방지기가 된 그 일련의 과정들…. 한 방향으로만 왔다면 더 빨리 일직선을 그었겠지만 여기저기 점을 찍다 보니 재미있는 지그재그 선이 되었다. 인생은 정말 알 수 없다. 어쩌면 이렇게 책방 주인이 되기 위해 그동안 그 많은 직업을 거쳐왔던 걸까? 아니, 남은 인생 또 다른 무언가를 하게 될지도 아무도 모르는 거겠지. 쉽게 단정 짓지 말자, 내 인생.

왜 서점이 아니라 대여점이에요?

¶

서점이 아닌 대여점을 꿈꾸게 된 계기가 있다. 아마도 그때 느꼈던 부러움이 책 대여점을 마음속에 품게 한 결정적 한 방이었을 것이다. 시간은 2002년 즈음으로 거슬러 올라간다. 미대를 졸업한 뒤, 집에서 한동안 빈둥거릴 때였다. 나를 한심하게 바라보던 언니가 아주 혹하는 제안을 했다.

"미대 나왔으니까 미술학원에서 일하는 거 어때? 그 정도는 할 수 있잖아"

'그 정도는 할 수 있잖아'라는 말이 명치를 콕 찔렀다. 하고 싶은 게 아무것도 없을 때였다. 뭐라도 해야 이 집에서 사람 대접을 받겠구나 싶었던 나는 알아보겠다고 했다.

지금처럼 인터넷으로 구인구직 정보를 알아보기 쉽지 않을 때라 버스 정류장에 하나쯤 있는 〈교차로〉 가판대를 찾아갔다. 이상하게 그런 생활정보지를 뽑아가는 건 왜 그렇게 창피한지 모르겠다. 어릴 때라 더 그랬겠지. 아무튼 한 부를 쏙 빼서 얼른 가방에 쑤셔 넣고 집으로 돌아왔다.

지역신문이라 집 근처 미술학원에서 강사를 구한다는 공고는 쉽게 발견할 수 있었다. 그중 한군데에 이력서를 내고 면접을 봤는데 그 자리에서 합격했다. 어떤 준비나 결심도 없이 어쩌다 보니 그렇게 덜컥 취업이 됐다.

지금 생각하면 말도 안 되는 월급이었지만, 아침에 일어나서 갈 곳이 있다는 게 생활에 안정감을 주었다. 별 생각 없이 4년을 다녔다.

아파트 단지 안에 있던 미술학원은 원장의 사업 수완과 초
등학교 바로 앞이라는 지리적 장점이 더해져 옆 단지에 분
점까지 낼 정도로 빠르게 원생이 늘었다. 학부모들도 횡단
보도를 건너지 않고 아이들을 학원에 보낼 수 있어 분점이
생기는 것을 반겼다.

동시에 두 학원을 운영하기엔 강사가 부족해 화, 목, 토만
내가 분점에 가서 아이들을 가르쳤다. 사실 원장 없이 자유
롭게 혼자 수업을 진행할 수 있어 분점 가는 날을 기다리곤
했다.

미술학원은 아이들이 하교한 뒤인 오후 2시부터 수업을 시
작했다. 나는 1시쯤 학원에 도착해 주변 정리를 하고 수업
자료를 준비해두었다. 그러곤 아이들이 오기 전까지 가방
에서 읽다만 소설책을 꺼내 읽었다. 한참 집중해서 책을 읽
다 보면 아이 하나가 학원에 들어섰다. 그럼 읽던 책을 덮어
가방에 다시 집어넣고 수업을 했다.

그림 그리는 아이들 사이를 왔다갔다하며 분주하게 수업하던 어느 날, 맞은편 가게를 우연히 보게 되었다. 전면이 통유리로 돼 있어 내부가 그대로 들여다보였는데 거기가 바로 책 대여점이었다. 데스크에 앉은 커트머리의 여인이 몰입해서 책을 읽고 있었다.

비밀의 통로를 여는 것처럼 이중으로 수납되는 체리색 책장에 빼곡히 꽂힌 소설과 만화책들. 마치 미로처럼 발을 들여놓으면 빠져나올 수 없을 것 같은 구조. 가운데에는 커다랗고 누런 주전자를 올려놓은 난로까지. 세련미라고는 요만큼도 없지만 너무 아늑해 보이는 공간이었다.

간간이 손님이 찾아와 책을 고르는 동안에도 그녀는 손에서 책을 놓지 않았다. 내가 있는 미술학원과 정반대로 너무나 조용하고 여유로워 보였다.

'아, 저 사람은 매일 책을 읽으면서 돈을 버는구나.'

단골손님과 간단한 몇 마디를 주고받는 것 외에는 말도 거의 하지 않는 것 같았다. 평소 말수가 적은 나는 팔자에도 없는 강사 일을 하느라 쉴 새 없이 떠들어야 했으니(가장 고통스러운 건 같은 이야기를 반복해야 하는 것) 당장이라도 미술학원을 관두고 거기 가서 알바나 하고 싶은 심정이었다. 그러니까 그때부터였다. 훗날 책방을 열게 되면 무조건 대여점을 하겠다고 작정한 것이.

그 전까지만 해도 내가 알던 서점은 교보문고, 영풍문고 같은 대형서점이 전부였다. 그런 곳을 보고 '나도 이런 서점하고 싶어' 하는 마음은 들지 않는 게 당연했다. 그에 반해 학원 앞의 그 대여점은 아담한 공간에, 한 사람이 관리하기 충분한 규모의 서점이었다. 이런 거라면 정말 하고 싶다! 나도 할 수 있을 것 같아!

내가 읽은 책만 빌려주는 책방. 그럼 손님에게 자신 있게 추천할 수 있고, 책을 읽은 손님들과 나눌 이야기도 생길 테니 의무적으로 일하는 것 같지도 않겠지. 좋아하는 것에 대해 이야기하는 사람들의 얼굴은 빛나기 마련이니까. 사방이 책으로 꽉 찬 공간에서 종일 책 읽는 나를 상상만 해도 행복이란 시냇물에 발을 담근 기분이었다.

하지만 당시 나는 4대보험도 안 되는 알바 수준의 월급을 받는 직장인이었다. 나이도 생각도 많이 어렸다. 월급 타면 집에 좀 보태고 옷 사고 휴대폰 요금 내고 나면 남는 게 없어 저축은 꿈도 못 꿨다. 내 책방을 갖는 날이 오기나 하겠어, 라며 허황된 꿈이라고만 치부했다. 누군가 나에게 꿈이 뭐냐고 물으면 책방 주인이라고 대답하는 건 왠지 그럴싸한 남의 이야기를 하는 것처럼 느껴졌다.

18년이 흘렀다. 책방 주인이란 꿈은 진짜 현실이 됐다. 인테리어 공사가 거의 마무리돼갈 무렵, 감리를 하러 책방에 갈 때마다 '와, 진짜 내가 책방을 하네'라는 생각이 문득문득 들었다. 그 공간에 내가 있는 게 가끔 비현실적으로 느껴지기도 했다.

누군가는 책방을 여는 게 뭐 그리 대단한 꿈이라고 유난을 떠냐 하겠지만, 나이 마흔이 되도록 5만 원짜리 원피스 하나 망설임 없이 사지 못하는 나에게는 유난이 아니라 유난 할머니라도 떨 만큼 엄청난 일이다. 막연하게만 그리던 꿈이 내 눈앞의 현실이 되다니, 감격스럽지 않을 수가 없다.

아직도 갈 길이 멀지만 문득 걸음을 멈춰 뒤를 돌아보니 무수히 찍힌 발자국이 보인다. 그래도 여기로 오기까지 적지 않은 걸음을 쉬지 않고 걸어왔나 보다.

완벽히 준비된 때는 오지 않으니까

¶

통장 잔고를 생각하면 서점 인테리어는 셀프로 해야 마땅한 상황. 그렇지만 내가 하려는 책방은 일반 서점이 아니라 책 대여 공간이기 때문에 거기에 맞춰 공간을 구성해줄 전문가에게 공사를 맡겼다.

도서관처럼 책을 빌려가는 방식이 아니라 '일일권'을 구매해 시간과 권수 제한 없이 마음껏 읽고 갈 수 있게 운영할 계획을 세웠다. 기존에 쉽게 볼 수 있었던 도서 대여점들은 책을 빌려가서 읽고 다시 반납하는 방식이지만 도서 회수에 대한 스트레스가 있을 것 같아 책방에서 읽고 가는 컨셉으로 방향을 잡은 것이다.

그렇게 결정한 배경에는 나와 비슷한 처지의 아이 엄마들이 책방에 왔으면 하는 바람이 있었다. 한번은 이런 일이 있었다. 퇴사 후 며칠이 지난 어느 날, 어린이집에 아이를 보내고 근처 편의점에 들렀다. 나처럼 아이를 등원시킨 엄마들 서너 명이 모여 편의점 커피를 마시며 이야기를 나누고 있었다.

저분들이 잠시라도 책방에 들러 필사도 하고 책도 읽다가 집에 들어가면 어떨까 하는 생각이 문득 들었다. 육아하면서 나는 책에서 위로와 힘을 얻은 적이 많았기 때문에, 나와 비슷한 처지의 아이 엄마들과 그런 경험을 나누고 싶기도 했다. 엄마들이 아이들 책만 읽어줄 게 아니라 자신을 위한 독서를 하면 정말 좋을 텐데!

집이 아닌 책방에서 독서를 했으면 하는 이유는 또 있다. 애서가라고 자부하는 나도 집에서 책을 읽다 보면 집안일이 자꾸 눈에 띄어 집중하기 힘든 적이 많다. 한 페이지 읽다 말고 빨래할 게 생각나 세탁기를 돌리고, 또 조금 읽다 보면 설거지거리가 떠오르는 식이다. 집에서는 온전히 책에 집중하기가 쉽지 않다. 그렇게 빨래하고 청소하다 보면 어느새 아이가 하원할 시간이 된다.

그러니 아이를 어린이집에 보내고 잠시 짬이 날 때, 책방에 와서 자기 자신을 위한 독서를 하면 어떨까 하는 마음이 들었던 것. 해도 해도 끝이 없는 집안일만 하느라 매일 그 귀한 시간을 쓰는 건 너무 아까우니까. 청소는 아이가 온 다음에 해도 괜찮다. 설거지하고 빨래 개느라 바쁜 모습도 보여 줘야 엄마가 이렇게 힘들구나, 알지 않을까.

번화가도 아니고 구석진 동네에 이런 공간을 만들 자신이 있었던 이유는 책을 '사는 경험'이 아닌 '읽는 경험'을 주는 게 목적이기 때문이다. 온라인으로 주문하면 다음 날(빠르면 당일) 책이 도착하는 요즘, 어디서 책을 사느냐는 큰 문제가 아니다.

책방지기가 큐레이션한 책을 읽고 필사, 낭독, 글쓰기 등 다양한 모임을 통해 책을 재경험하는 데 의미를 두고 싶었다. 미야자키 하야오의 《책으로 가는 문》을 보면 '사는 동안 딱 한 권의 책만 만나도 충분하다'라는 구절이 나온다. 그 단 한 권의 책을 나의 책방에서 발견하게 된다면 더할 나위 없이 좋겠다는 큰 욕심이 생기기도 했다.

책방 오픈을 준비하는 동안 나는 벌써 책방 주인으로서의 생활에 익숙해지고 있었다. 조용히 혼자서 글 쓰고 작업하는 것이 익숙해서 손님 없는 시간을 즐기고 있다. 의뢰받은 카피도 쓰고 책 작업도 꾸준히 한다. 회사 다닐 때 짬짬이 하던 일들이 이젠 메인 업무가 되었으니 할 수 있는 게 더 늘어난 셈이다.

많은 동료들이 내가 퇴사한다고 했을 때 아쉬워하면서도, 책방을 열 계획이라고 하니 금세 표정이 밝아지던 게 떠오른다. (그렇다, 우리에게 책방은 생각만 해도 좋은 장소다.) 보내주기 싫지만 보내지 않을 순 없다는 듯, 책방지기로서의 행복을 빌어주었다.

책방을 열기 위해선 많은 준비가 필요할 거라 생각했다. 막연한 그때가 언젠가 오겠지, 적당한 때가 찾아오겠지 하고 미뤄두고만 있었다. 하지만 이젠 준비가 덜 되었다는 핑계는 그만 대기로 했다. 완벽히 준비된 때는 인생에서 영영 오지 않을 테니까.

적당한 때는 누가 정해주지 않는다. 하겠다고 마음먹은 그 때가 가장 적당한 때다. 그리고 그건 남이 아니라 내가 결정해야 한다. 지금이 그 '때'라고 믿으면 된다.

서점의 하루

¶

내일 모레면 간판이 설치된다. 원래 예정한 오픈일보다 하루 이틀 미뤄지고 있는데 난 이게 싫지 않다. 오픈이 언제냐고 묻는 사람들에게도 날짜를 정확히 알리지 않고 그저 다음 주쯤이요? 라고 대답했다.

어제는 페인트 보수 공사가 있었다. 약 2주 전에 도장 공사를 했는데 크랙이 생겼다. 몇몇 이유가 있지만 가장 큰 원인은 건물이 워낙 오래되었기 때문. 다행히 시공 업체에서 보수를 해준다고 해서 책 진열을 미뤄뒀었다.

그렇게 보수까지 끝냈으니 이제 책을 꽂을 차례다. 분야별 혹은 주제별로 큐레이션할까 했지만, 일단 책의 양부터 파악하려고 집에서 가져온 책들을 마구잡이로 꽂아보았다.

서점 바로 앞은 버스정류장이다. 문을 열어 놓으면 버스가 서고 출발할 때마다 소음이 가게 안까지 쑥 밀고 들어와 제법 시끄럽다. 다행히 문을 닫으면 소리는 꽤 차단된다.

나는 냉장고 청소를 하거나 설거지를 할 때 꼭 팟캐스트를 듣는 습관이 있다. 스마트폰으로 팟캐스트를 켜놓고 책 정리를 시작했다. 손은 바삐 움직이지만 딱히 머리 쓸 일 없는 노동을 할 때 책 이야기를 듣고 있으면 힘든 줄도 모른다.

10평 남짓한 공간에서 좋아하는 팟캐스트를 틀어놓고 책에 둘러 싸여 있으니 '내게 강 같은 평화'가 밀려온다. 다른 이의 책방에서 대신 일해주는 거라면 이런 느낌은 아니겠지? 내 책방이라서 그렇구나! 설렘이 훅 밀려왔다. 심장이 쿵쾅

거리면서 몸이 붕 뜨는 것도 같고 이상하다. 한동안은 좋음과 두려움이 뒤섞이는 이런 증상이 미열처럼 남아 있을 것 같다.

서가에 책을 진열하는 동안 서너 명이 책방을 다녀갔다. 아무래도 통유리로 내부가 훤히 들여다보이니 안에서 책을 정리하는 모습이 반가웠던 모양이다. 50대로 보이는 아주머니가 서점 문을 열고 들어왔다.

"여기 오픈이 언제예요?"

"다음 주에 할 것 같아요."

의자 위에 올라가 높은 선반에 책을 꽂던 나는 주섬주섬 내려왔다.

"책도 팔고 그러는 거죠?"

"파는 책도 있지만 여기는 대여 공간이에요. 책을 빌려서 읽고 가시는 거예요."

아주머니는 고개를 갸우뚱했다. 이번엔 내가 물었다.

"뭐 찾는 책이라도 있으세요?"

그제야 아주머니는 가방에서 휴대폰을 꺼내 내밀었다.

"이 책을 찾는데, 이 근처에는 서점도 없고…"

휴대폰 화면 속 책은 보험 관련 도서였고 그마저도 출판사
에서 정식으로 낸 책이 아니었다.

"혹시 인터넷 서점에서 검색해보셨어요?"

"아뇨, 내가 그런 걸 할 줄 몰라서."

"이런 책은 작은 서점에서는 찾기 힘드실 거예요. 제가 방
법을 알려드릴게요."

온라인 서점에서 책을 검색해 주문하는 방법을 알려드렸
다. 아주머니는 답답한 게 풀렸는지 조금 개운한 얼굴이 되
었다. 책방지기는 (꼭 내 가게에서가 아니더라도) 사람들이
책을 사는 데 도움을 주면 되는 것이다.

"그럼 여기 마실 것도 팔아요?"

"아뇨. 가져오시는 건 상관없는데 여기서 팔진 않아요."

아주머니는 아 그렇구나 하면서 책방을 나섰다. 다시 오시려나? 나는 괜히 목을 빼고 그녀의 뒷모습을 바라봤다.

잠시 뒤, 서점 바로 위층에서 태권도장을 운영하는 관장님이 내려왔다. 어느 정도 정리가 됐는지 궁금한 모양이었다. 이런저런 이야기를 나누다가 내가 이 책방은 판매 위주가 아니라 대여 중심의 공간이라고 했더니 화들짝 놀라며 말했다.

"그럼 계산을 어떻게 하는 거예요?"

"일일권으로 하려고요."

"책 많이 읽는 사람들은 좋아하겠네요. 빨리 읽는 사람들은 남들 한 권 볼 때 서너 권씩 보던데."

"네, 맞아요. 그런 분들은 더 좋아하시겠죠."

관장님은 고개를 끄덕이면서도 아직 잘 모르겠단 표정으로 서점을 나갔다.

오후 4시쯤 되니 바로 옆 중학교에서 학생들이 하나둘 빠져

나왔다. 책을 어느 정도 정리하고 바닥을 쓸고 있는데 바깥에서 뚫어지게 쳐다보는 시선이 느껴졌다. 고개를 들어보니 학생 둘이 문 앞에 우두커니 서서 책방을 들여다보고 있었다. 시커먼 롱패딩을 입고 서 있어서 순간 깜짝 놀랐다. 나와 눈이 마주친 아이들이 이내 꾸벅하고 인사했다. 그제야 나도 입꼬리가 슬며시 올라갔다. 아이들이 돌아간 뒤에야 들어오라고 할걸 그랬나 하는 생각이 스쳤다. 궁금해 하다 갔으니 다음에 또 오겠지.

난방기가 아직 설치되지 않아 서너 시간이 지나니 서점 안이 꽤 썰렁해졌다. 이제 슬슬 집에 갈 준비를 해야겠다. 이렇게 낯선 사람이 아무렇지 않게 불쑥 다가와 뭔가를 묻고, 또 자신의 이야기를 꺼내고, 내 사정을 궁금해 하는 게 서점의 하루일지도 모른단 생각이 불현듯 스쳤다.

낯 좀 가린다는 내가 처음 보는 사람들을 무리 없이 상대할 수 있을까? 아무나 들어와도 좋지만 아무나가 정말 아무나라면? 나는 괜히 양 팔을 쓸어내렸다.

책방 운영을 하는 데 도움되는 이야길 들을 수 있을까 싶어 독립서점 세미나에 갔다가 어느 책방지기가 최근 16만 원짜리 전기충격기를 샀다는 얘기를 한 게 떠올랐다. 혼자 있을 때 손님을 가장한 남자에게 봉변을 당할 뻔한 일이 있었단다. 서점에서 나오며 엄마에게 전화를 걸었다.

"호신용 스프레이라도 사야겠어."

자초지종을 들은 엄마도 조금 걱정스러웠나 보다.

"그거 내가 사줄게."

항상 문이 열려 있는 공간, 누군가 손님을 가장해 들어오면 무방비로 맞닥뜨려야 하는 건 곧 내게 닥칠 현실이기도 했다. 내 공간에 발 들이는 모든 사람을 뜰채로 걸러낼 수도 없는 노릇이고….

회사라는 곳은 수십, 수백 명이 함께 일하는 곳이고, 외부인이 아무나 들어올 수 없는 시스템을 갖춰놓은 곳이기도 하다. 그런 직장 안에서만 일해온 내가 완전히 달라진 1인 가게 시스템에 잘 적응할 수 있을까?

겁을 먹기 시작하면 끝도 없을 테지만 마냥 태평하지도 못하겠다. 혹시 모를 위험에는 미리 대비하는 게 좋으니 전기충격기든 호신용 스프레이든 일단 갖춰놓고 봐야지.

책방이 아니면 작업실이라도

¶

카드단말기 등록과 인터넷 연결이 마무리된 2019년 12월 16일. 개업식 같은 축하 파티는 없었지만 잠정적으로 정식 운영을 하는 첫날이었다.

공사가 어느 정도 마무리돼가던 2주 전부터 하루에 한 번은 꼭 책방에 나왔다. 그래서인지 영업 첫날이라고 해도 이전과 딱히 큰 차이는 없었다. 물론 그전에는 궁금해서 들어오는 손님들에게 "아직 오픈 전이라서요" 하고 돌려보냈지만, 이제부터는 정식으로 손님을 맞이하고 밑줄서점의 운영 방식도 제대로 설명해야 한다. 그나마 손님이 많진 않을 거라고 생각하니 한결 덜 부담됐다.

그래도 그렇지, 어쩜 이렇게 손님이 없을까? 오후 1시부터 서점에 나가 오후 6시 30분까지 있었다. 운영은 7시까지지만 6시 30분까지 손님이 오지 않으면 굳이 계속 열고 있을 필요가 없다. 30분 읽자고 일일권을 구매하는 손님은 없을 테니까.

워낙 외진 동네기도 하지만 첫날은 유독 지나다니는 사람이 없었다. 노트북으로 이것저것 필요한 것들을 주문하고 포스트잇으로 책 추천에 대한 짧은 코멘트를 붙이고 난 뒤, 새 문서를 열어 다음 책 원고를 쓰기 시작했다.

그렇게 가만히 글을 쓰고 있자니 비싼 월세 주고 작업실을 얻은 게 되는 건 아닐까 하는 현실적 자각이 들기도 했다. 그렇다면 글을 정말 열심히 써야겠군. 책방이 아니라 작업실을 구한 셈이 되면 내 책이라도 많이 팔아야 할 테니까.

첫날 방문자는 두 명이었다. 손님을 기다리는 동안, 미뤄둔 원고 하나를 마무리 지었더니 사람이 오지 않아도 많이 불안하진 않았다. (첫날이라서 가능한 안도일지도….) 내가 만약 혼자만의 시간을 못 견뎌하는 사람이라면 좁은 공간에서 매일 누군가가 오기를 기다리는 게 쉽지 않을 것이다. 나는 가능하면 혼자 있길 원하는 사람이니 얼마나 다행인지.

그렇지만 계속 이렇게 손님이 없으면 어쩌지? 하루 평균 다섯 명은 예상했는데 턱도 없는 거 아닌가? 운영 첫날부터 머리가 복잡하다.

그래, 너무 조급하게 생각하지 말자. 3개월 아니 1년은 지켜봐야 한다고 하잖아. 날씨가 추워서 그럴지도 몰라. 나도 집에 있으면 잘 안 나가잖아. 추운데 나가고 싶겠어? 날이 풀리면 나아지겠지…?

그날 밤, 아이를 재우려고 침대에 나란히 누웠다. 마음이 심란했다. 신경 쓰지 말자… 첫날인데 뭐, 하면서도 자꾸 숨을 몰아쉬게 됐다.

아이는 옆에서 몸을 뒤척이며 쉽사리 잠들지 못했다. 어서 자야지 하며 재촉하다가 이내 포기하고, 정 잠이 안 오면 하느님께 기도나 할까? 했더니 기다렸다는 듯 일어나 앉는다. 그러더니 두 손을 가슴 앞으로 착 모으고 눈을 질끈 감은 채 이렇게 기도하는 거였다.

"하느님, 내일은 우리 엄마 책방에 사람들이 가득 차게 해주세요! 아멘!"

너, 엄마 머릿속에 들어갔다 나왔니? 내가 차마 꺼내지 못한 바람을 기도로 대신해준 아들 때문에 실소가 터졌다. 엄마가 왜 웃는지도 모르고 따라서 깔깔깔.

나답지 않게 무슨 앞날 걱정이람. 그래, 첫날 두 명이면 훌륭하다. 하루에 한 명씩 늘어나면 더 좋고!

커피는 팔지 않습니다

¶

"거기다 뭐 하시게?"

"작은 책방을 할까 하고요."

"책방? 이런 동네에서 사람들이 책을 살까?"

"아, 제가 하려는 건 일반적인 서점은 아니고…"

"어쨌거나 중학교 옆이니까 여름에는 꼭 슬러시를 팔아요."

"네?? 슬러시요?"

"더울 때 애들이 얼마나 많이 사 먹겠어!"

책방을 한다고 했더니 부동산 중개인이 여름엔 책방 앞에서 슬러시를 팔아보라고 하는 거다. 당황스러운 이 대화를 남편에게 들려줬더니 껄껄 웃던 그는 장난스런 표정을 지으며 말했다.

"안 팔 것 같아? 돈 되면 다 팔걸?"

동네책방이라고 하면 자연스럽게 북카페가 떠오른다. 어감도 좋은 북카페가 막 유행을 할 때 그 시도가 나도 무척이나 흥미로웠다. 북카페의 본래 컨셉을 잘 유지하며 운영하는 곳도 많지만, 일부는 책 몇 권 가져다놓고 북카페라고 하는 곳도 적지 않았다.

정말 갈 만한 곳이 없지 않는 한, 북카페라고 이름 붙인 곳을 나는 잘 가지 않았다. 늘 책을 가방에 넣어 다니는 나로선 북카페에 있는 책을 굳이 읽을 필요가 없기 때문이다.

그저 구색을 갖추려고 십 수 년씩 지난 중고 책들로 책장을 채운 곳도 있었다. 과거의 베스트셀러《부자 아빠 가난한 아빠》나 페이지가 누렇게 변색된 《가시고기》 같은 책들이 책장에 드문드문 꽂혀 있는 곳들.

그 책들이 나쁘다는 게 아니다. 북카페라고 이름 붙였으면, 앞 글자에 '북'이 먼저 붙는 카페라면, 사람들이 지금 읽고 싶을 만한 책, 요즘 사람들의 입에 회자되는 책은 꽂아 놓아야 하는 것 아닐까.

책방 오픈을 준비한다고 했더니 커피는 당연히 팔 거라 생각하는 사람들이 많았다. 우리 가족부터도 커피는 간단하게 캡슐 커피를 내려서 파는 게 어떠냐고 제안하기도 했다. 다른 무엇보다 책만 팔아서는 월세 내기가 힘들 거라고 판단한 거다.

애초부터 난 커피는 팔지 않겠다고 선언했다. 커피를 팔면 책방은 '카페화' 되고 만다. 나는 책 읽는 공간을 만들고 싶은 것이지 커피 마시는 공간을 꿈꾼 게 아니었다. 음료나 먹거리를 판다는 것 자체가 내겐 엄청난 부담이기도 했다.

책방은 책이 읽고 싶을 때 찾아오는 곳이지 커피가 생각나서 오는 곳은 아닐 것이다. 그러나 책을 읽을 때 커피 같은 음료를 곁들이는 게 보통이다. 나 역시 독서할 때는 늘 뭔가를 마시곤 하니까.

커피를 팔진 않지만 마실 순 있도록 하자, 하고 절충안을 세웠다. 외부 음료 반입은 가능하도록 말이다. 집에서 텀블러에 담아 와도 좋고 근처 편의점이나 카페에서 사오는 방법도 있다. 그렇게 하면 밑줄서점은 커피나 수다가 아닌 책이 메인이 되는 곳이라는 정체성이 생기지 않을까.

한창 인테리어 공사를 하고 있을 때 흰색으로 도장한 외관을 보고는 그 앞을 오가는 사람들이 여기 뭐가 생기는 거냐고 궁금해 했다. 하루는 작업 과정을 체크하러 나갔는데 우연히 어린이집 같은 반 아이의 엄마를 마주쳤다. 그녀는 내가 그 가게의 주인이란 걸 알고 반색하며 물었다.

"여기에 뭐가 생겨요?"

"작은 책방이요."

"책방? 아, 그럼 커피도 팔겠네요?"

"아뇨. 커피는 안 팔아요."

"커피를 안 팔아요?"

의아해하는 그녀에게 나중에 다 완성되면 꼭 한번 놀러오세요, 하고 서둘러 인사했다.

책방 오픈 후 몇몇 단골이 생겼다. 시간이 날 때마다 들르는 동네 주민들이다. 텀블러에 차나 커피를 담아오는 일도 자연스럽다. 환경까지 생각해주는 멋진 분들. 가끔은 내가 마시려고 끓인 녹차를 나눠 마시기도 한다.

커피를 팔지 않는다는 소리에 실망한 얼굴들을 하도 많이 봐서인지 그래도 커피를 팔아야 하는 거 아닌가, 간단하게 음료라도 팔아야 하는 건 아닌가 하는 고민을 잠깐 했지만 그러지 않길 잘했단 생각이 든다.

공간을 이해하고 배려해주시는 마음 씀씀이들이 어찌나 아름다운지, 책 읽으며 텀블러에 담아온 음료를 홀짝이는 손님들의 모습이 이렇게 예뻤나 싶을 정도다.

집보다 더 편안한 곳이 생겼다

¶

나는 '책이 내게로 온다'는 말을 믿는다. 지금 내게 딱 필요한 책이 다가와 말을 건 경험을 여러 차례 했기 때문이다.

최근에도 그랬다. 책방을 준비하면서 집에 있던 책을 서점으로 옮기느라 책장 깊이 박혀 있는 책들까지 모조리 꺼내는 중이었다. 많은 책을 혼자서 정리하다 보니 책장에서 꺼낸 책들을 일일이 살펴볼 새도 없이 착착 쌓아 끈으로 묶느라 바빴다.

그런데《빅스톤갭의 작은 책방》이 책더미 속에서 느닷없이 눈에 들어왔다. 2013년에 산 책이었다. 어디까지 읽었나 살펴보니 절반도 채 읽지 않고 책날개를 꽂아뒀다. 책 정리를 어느 정도 마친 그날 저녁, 혼자만의 시간에 이 책을 펼쳐 다시 읽기 시작했다.

웬디 웰치의《빅스톤갭의 작은 책방》은 지구 반대편에서 나처럼 구석진 동네에 책방을 차린 사람들의 이야기다. 다른 서점 창업기보다 공감됐던 건 이 서점의 주인 역시 자신이 소장하고 있던 책을 책방에 내놓아서다. 물론 나처럼 대여해주는 게 목적이 아니라 헌책으로 팔기 위해서.

크고 웅장하지만 낡고 허름한 저택을 사서 주거 공간을 꾸리고 서점까지 열게 된 부부. 몇 해 전 이 책을 샀을 땐 언젠가 나도 책방을 차려야지 하는 막연한 기대로 읽었겠지만, 이젠 정말 책방 주인이 된 터라 감회가 남달랐다. 뭐랄까. 읽는 내내 '어서 도움될 만한 얘기를 들려줘요, 선배!' 하는 심정이었달까? 한 자 한 자 몸에 새기는 기분으로 책을 읽는데 며칠 전 내가 느낀 심정과 백퍼센트 일치하는 부분이 나왔다.

'개인 소장 도서를 가게에 내놓아서 좋은 면은, 어디에 무슨 책이 있는지 즉각 파악할 수 있다는 것 외에도 헌책을 파는 일 자체가 마치 아이를 입양 보내는 것처럼 느껴진다는 점이다.'

얼마 전 우연히 읽은 잡지에서 수원의 어느 동네 책방 주인의 재치 있는 프로필을 봤다. '책방에 손님이 너무 안 와서 책을 쓰기 시작했다.' 그렇다. 책방을 하면 책을 쓸 수 있다! 나 또한 책방에서 다음 책 원고를 쓰고 있는데, 책을 쓸 때만큼 책이 필요한 때도 없기에 수시로 다른 책을 뒤적여야 한다. 그런데 책방에다 나의 모든 책을 모아놨을뿐만 아니라 어디에 무슨 책이 있는지 한눈에 파악되니 시간 절약까지! 유명한 저자들이 큰 서재를 갖는 게 다 이런 이유겠구나 싶었다.

읽지 않은 새 책들이 잔뜩 쌓인 공간이 아니라 내가 이미 읽은, 밑줄도 막 그어져 있고 모서리도 접혀 있는, 익숙한 책들과 함께 있으니 진짜 내 서재에 있는 것처럼 안온해졌다. 책방이 생긴 뒤부터 집보다 책방에서 심신의 평안을 얻게 됐다. 왜 아니겠는가. 내게 가장 좋은 기운을 주는 책들을 잔뜩 모아놓은 곳이니 황홀할 수밖에.

대구에서 친동생과 '단정'이라는 작은 가게를 운영하는 친구는 이렇게 말했다.

"단정이 내 쉴 곳이야. 나는 단정에 출근해서 커피 마실 때가 제일 행복해."

내가 책방을 열기 전에는 친구의 그 말을 그저 표면적으로만 받아들였을지 모른다. 지금은 아니다. 마음 깊숙이 공감한다.

밑줄서점은 1시부터 영업을 시작하지만 오전 11시부터 서

점에 나가는 이유도 그 때문이다. 빨리 내 쉴 곳으로 가고

싶다. 요즘은 집보다 서점이 편하다.

《좋아하는 곳에 살고 있나요?》라는 책 제목도 있던데 그 질

문이라면 손을 번쩍 들고 대답할 수 있다. 네, 좋아하는 곳

에서 지내고 있습니다!

카피라이터가 책을 고르는 법

¶

《문장 수집 생활》출간 직후, 어느 동네서점에서 북토크를
했다. 소설의 문장을 발췌해 카피로 바꾸는 방법이 궁금
한 30명 안팎의 사람들이 옹기종기 모여 앉았다. 준비해간
PPT 자료를 하나씩 넘겨가며 무사히 북토크를 마쳤다. 소
규모 카피라이팅 강의에 가까운 시간이었다. 마무리 순서
로 질의응답 시간을 가졌다. 북토크를 진행한 서점의 직원
이 손을 번쩍 들었다.

"SNS에 책 소개글을 쓰는 게 너무 어려운데요. 작가님은 어떤 카피에 끌려서 책을 고르시나요?"

카피라이터라는 직업을 가진 사람은 뭔가 다른 관점에서 책을 고를 거라 생각했나 보다. 세일즈 카피를 쓰는 법에 대해 주로 이야기한 터라 예상치 못한 질문에 적잖이 당황했지만 솔직히 대답했다.

"음… 손에서 책을 놓을 수 없다! 밤에 읽지 마시라! 안 읽은 눈 삽니다! 같은 거요."

여기저기서 킥킥 웃음소리가 들렸다. 질문한 서점 직원도 당황한 눈치였다. 나는 멋쩍게 웃으며 부연 설명을 했다.

"사실 저도 똑같아요. 그런 카피를 보면 책 내용도 안 보고 주문할 때가 많거든요. 근데 실패한 적은 거의 없던데요? 생각해보면 이런 카피를 아무 책에나 붙일 수는 없잖아요. 정말 그럴 만한 책이니까 자신 있게 띠지에 이런 카피를 넣었을 거예요. 저는 또 그걸 홀라당 믿어버리고요."

책 소개글을 쓰는 건 쉬운 일이 아니다. 책 한 권을 읽고 나면 아 너무 좋네 좋아, 하면서 책을 꼬옥 끌어안기도 하지만 이 감정을 사람들에게 어떻게 전달해야 될지 생각하면 나도 막막해질 때가 많다.

한동안 독서 후기 쓰는 걸 트레이닝하려고 브런치에 고정적으로 '지하철에서 책 읽기'라는 카테고리를 만들어 글을 연재하기도 했다. 하지만 어느새 중단하고 말았다. 책은 꾸준히 읽지만 리뷰를 성실히 쓴다는 건 만만히 볼 일이 아니었다.

책을 추천해달라는 권유도 자주 받는데, 그럴 때면 어떤 장르를 좋아하는지 먼저 물어본다. 그 장르에서 내가 최근에 가장 재미있게 읽은 책을 권하거나, 상대방이 요즘 어떤 상태인지를 파악한 후에 도움이 될 만한 책을 알려준다. 그러면 대부분은 "오, 지금 딱 필요한 책이에요"라거나 "이거 읽어보고 싶었는데!" 같은 반응을 보인다. 그렇게 한 권 읽고 난 뒤에 또 추천해달라고 하는 걸 보면 그리 나쁜 추천은 아니었나 보다.

내 책 추천의 가장 큰 기준은 일단 내가 재미있게 읽었느냐다. 그 안에서 '누구나 재밌게 읽을 수 있는 책'을 먼저 추천하고, 그다음에는 상대방의 현재 상태에 맞는 책을 골라준다.

내 주변에는 평소에 책을 많이 읽는 사람보다 '한번 읽어볼까?' 하는 사람이 대부분이라, 그들이 최소 한 달에 한두 권씩 꾸준히 읽게 하려면 말 그대로 책장이 술술 넘어가는 책을 권해야 한다. 그런 책이라야 상대방이 책 읽기에 흥미를 붙일 수 있다.

밑줄서점을 운영하면서는 좀 더 전문적으로, 또 체계적으로 책을 추천하고 큐레이션하는 일을 해야 한다. 내가 실제로 재밌고 의미 있게 읽은 책을 어떤 방식으로 소개할지, 어떤 문장으로 전달할지가 관건이다.

한국북큐레이터협회 협회장인 김미정 작가는 자신의 책 《북큐레이션》에서 이렇게 말했다.

'몰라서도 살 수 없었던 책, 알았어도 굳이 필요하지 않아서 잊어가던 책, 살까말까 망설였던 책들이 큐레이션으로 가치를 얻고 생기를 얻어 비로소 책이 되는 것, 정말 감동이지요.'

단순히 신간이나 베스트셀러를 추천하는 건 어렵지 않다. 묻혀 있던 소중한 책을 다시 꺼내 읽어보고 싶게끔 만드는 게 나에겐 풀어야 할 숙제다.

밑줄서점이 신간 위주의 서점이 아니라 내가 직접 읽고 밑줄 그은 책들을 소개하는 곳이기에 책임감이 더 크다. 일단 읽어봐 너무 재밌어, 라고 하기엔 턱없이 부족한 북큐레이션의 길.

책 소개에 대한 부담감 때문에 책이 두려워지는 건 아닐까? 내가 책에서 느낀 그대로를 전달해야 손님도 읽어보고 싶은 마음이 생길 텐데. 이 책을 내가 왜 좋아했지? 어디서 공감했지? 어느 부분에서 가슴 아파했지?

내가 책에 친 밑줄 속에 담긴 의미들을 다시금 떠올리는 일은 생각보다 쉽지 않다. 읽은 지 오래된 책이라면 밤새워 다시 읽어봐야 할지도 모른다. 그렇게 해서라도 누군가가 읽고 싶은 마음이 생긴다면 못할 것도 없지. 여기에 카피라이터의 역량을 제대로 살려 책을 집어 들게 하는 멋진 카피도 붙여봐야겠다.

잠이 안 오면 책 읽으러 와요

¶

몇 해 전 회사에서 일본으로 출장을 갔다. 그때 처음으로 '츠타야'라는 서점을 알게 됐다. 츠타야는 브랜딩과 컨셉이 이미 유명해질 대로 유명해진 곳이다. 많은 곳에서 츠타야를 롤모델 삼는다. 나도 처음 그곳에 방문해 다양한 종류의 책은 물론, 서점 안에 입점한 스타벅스며 책과 관련된 아이템을 흥미롭게 접했다. 워낙 서점을 좋아하니 그 안에서 오래도록 머물고 싶은 생각뿐이었다.

그때 내가 가장 부러웠던 건 밤 늦은 시각에도 운영되는 서점이란 거였다. 당시 우리가 서점에 간 시간은 밤 11시. 그때도 츠타야는 사람들로 북적였다.

우리나라에도 심야책방이 없진 않지만, 대형 매장이 이렇게 밤늦게까지 운영하는 경우는 드물다. 동네책방이 점점 늘어나면서 심야 영업을 하는 곳도 있지만 이런 책방은 대부분 서울에 밀집돼 있다. 동네책방 자체가 드문 지방 소도시에서 심야책방까지 찾는 건 무리다.

자, 그렇다면 내가 하면 되지! 밑줄서점에서 할 수 있는 다양한 이벤트를 떠올려봤다. 단연 심야책방이 영순위다. 누구보다 책방 주인인 내가 하고 싶었으니 한번 해보는 거다. 심야책방을 매일 하긴 힘들 테니 긴장이 좀 풀어지는 금요일 밤에 열어보면 어떨까? 격주에 한 번씩 금요일 밤마다. 그날은 책방 문을 평소보다 조금 늦게 여는 대신, 밤 12시나 새벽 1시까지 운영하는 거다. 아무도 오지 않을 수도 있고 예상외로 많은 사람들이 심야책방의 문을 두드릴 수도 있다.

밑줄서점에는 주말에 직장인들이 가끔 찾아오는데, 그들에게 심야책방에 대한 정보를 살짝 흘렸더니 꽤 관심 있어 했다. 퇴근이 늦은 평일에는 밑줄서점의 불이 꺼져 있어 아쉬웠다면서 심야책방을 하게 되면 반드시 오겠노라고 했다.

책방에서 어떤 이벤트를 하든 꼭 필요한 사람에게 닿았으면 하는 게 나의 바람이다. 그런 우연한 한 번의 경험이 책을 계속 읽게 하는 계기가 될 수도 있을 테니까.

'맥주 한 모금에 한 페이지'

SNS를 보면 책과 맥주를 함께 찍어 올리고 '#책맥'이란 태그를 단 피드를 가끔 본다. 그러고 보니 제대로 책맥(맥주를 마시며 책 읽는 것)을 해본 경험이 없다.

예전에 내가 진행했던 글쓰기 수업의 어느 수강생의 SNS 피드는 대부분 책맥이었다. 그녀는 맥주와 책을 좋아한다.

세계 각국의 다양한 맥주를 찾아서 마신다.

집에서 편한 옷차림으로 홀로 즐기는 책맥도 좋지만 책방에서 책맥하는 사람들이 특히 부러웠다. 그렇다면 이것 또한 내가 하면 된다! 심야책방과 더불어 책맥 계획도 가볍게 세웠다. 책맥도 격주에 한 번씩 금요일 밤이나 토요일 밤이 어떨까?

밑줄서점에선 맥주를 팔지 않으니 바로 옆 편의점에서 캔맥주 하나를 사오면 된다. 단, 300미리든 500미리든 맥주는 하나로 제한. 너무 취해서 주객이 전도되면 안 되니까. 서점에서 읽고 싶은 책을 골라 맥주 캔을 딴다. 아무래도 열대야로 잠이 오지 않는 여름밤에 제격이겠지.

이런 구상을 할 때마다 머릿속에 떠오르는 장면이 있다. 집에 있기 답답해진 누군가가 슬리퍼를 찍찍 끌고 밖으로 나온다. 편의점에 들러 캔 맥주 하나를 사서 검은 비닐봉지에 담아 터덜터덜 책방으로 온다. 서점에 꽂힌 책들을 둘러보

다가 눈에 띄는 책 한 권을 뽑아 자리에 앉는다. 일단 시원

한 맥주를 한 모금 들이켠다.

아! 상상만으로도 벌써 기분이 좋다.

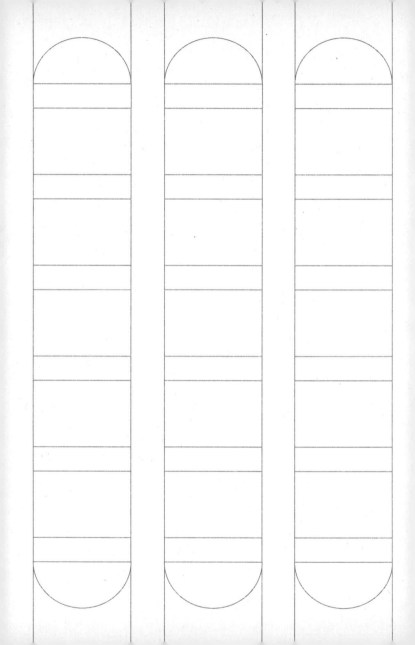

Part 2

방

책상이라는 나만의 세계

¶

디자인 소품을 주로 판매하는 텐바이텐에 다닐 때 이야기
다. 텐바이텐은 온라인 쇼핑몰 회사고 판매하는 물건이 주
로 팬시한 제품들이다 보니 지갑 사정은 생각 안 하고 구매
욕이 날로 치솟았다. 내 자리에 쌓이는 건 택배 상자요, 사
무실 내 책상은 그야말로 작은 소품 가게가 따로 없을 정도
였다.

텐바이텐에서 5년간 근무하면서 네다섯 번 정도 자리 이동

을 했다. 그중 가장 좋아했던 자리는 코너 쪽 자리다. 책상 오른쪽 벽에 포스터나 엽서를 잔뜩 붙일 수 있었으니까. 나만 쓰는 벽이었으니 눈치 볼 필요도 없었다. 종이쪼가리 붙이는 것에만 만족하지 못했던 나는 벽에 못을 박아 작은 나무 선반도 걸었다. 지금 생각하면 그렇게까지 자리가 꾸미고 싶었을까 싶기도 하고, 회사에서도 직원 자리에 선반을 걸게 허락해줬다는 게 신기할 따름이다.

선반이 있다는 건 공간을 좀 더 입체적으로 쓸 수 있다는 걸 의미했다. 코너를 활용해 나무 선반 하나를 달았을 뿐인데 자리는 더 나다워졌다. 그 선반은 내가 이곳을 얼마나 애정하는지 보여주기에 충분했다.

당시 야근이 꽤 잦았는데, 직원들이 대부분 퇴근한 사무실에서 책상용 스탠드 불빛 하나에 의지한 채 작업을 하면 이상하게 피곤한 줄도 몰랐다. 마치 아늑한 내 방에 혼자 있는 느낌이랄까. 선반 위에는 주로 작은 인형이나 피규어를 올려놨다. 어떻게 보면 잡동사니를 잔뜩 모아놓은 것처럼 보였을지도 모르겠다.

지금도 크게 다르진 않지만 그때부터 미니멀리즘보단 맥시멀리즘에 가까웠기 때문에 뭐든 많이 모아놓자 주의였다. 책도 뒤죽박죽으로 꽂혀 있고, 전자파를 막아준다는 선인장과 작은 다육식물, 각종 사무용품들이 무심하게 툭툭 놓여 있었다.

좋게 말해 '복잡'이 컨셉이었다. 복잡하지만 자유로운 느낌. 정신없고 산만하지만 창작열이 들끓는 그런 느낌. 웃기지만 '장인의 책상' 같은 느낌을 주고 싶었다. 발 디딜 틈 없는 방이 아니라 그야말로 손 디딜 곳 없는 책상이었다.

단짝 동료 J가 그런 내 자리를 보며 재밌어 했다. 그 친구도 감각적인 소품을 좋아했는데 책상은 늘 심플했다. 내 자리와는 비교가 안 될 정도로 일하는 데 꼭 필요한 물건만을 갖춘 깔끔한 상태를 유지했다.

네 책상은 왜 이리 단조롭냐고 물었더니 "나는 집을 꾸미지, 회사 책상에는 별로 관심 없어"라던 대답이 아직도 기억에 남는다. 당시 친구는 홍대 앞 원룸에서 자취를 하고 있었다. 그 대답 한마디로 그녀의 사무실 책상이 단정한 이유를 알 수 있었다.

그때 우리 집은 나를 포함해 다섯 식구가 함께 살았다. 나, 엄마, 언니네 부부와 조카까지. 내 방이 있긴 했지만 취향껏 꾸미기 힘들었다. 그저 잠만 자고 나오는 하숙방과 다를 바 없었다.

그에 반해 친구는 자기 맘대로 꾸밀 수 있는 집이 있었으니 사무실 책상 꾸미기 따위엔 관심 없는 게 당연했다. 마음에 드는 인테리어 소품을 보면 자신의 원룸이 먼저 떠올랐을 것이다. 집에서 인테리어에 대한 욕망을 충족할 수 없었던 나는 사무실 내 자리를 꾸미며 그나마 대리만족을 했던 거다.

그로부터 3년 뒤, 나도 회사 근처로 독립을 했다. 자연스레 사무실 책상을 꾸미는 일은 줄어들었고 작은 원룸을 꾸미는 데 에너지를 쏟기 시작했다.

공적인 공간에도 취향은 있다

¶

밑줄서점을 열기 전까지 나는 29CM에서 카피라이터로 일했다. 그렇다고 카피만 쓰는 건 아니고, 에세이도 쓰고 다른 직원들이 작성한 원고를 검수하는 등 여러 글쓰기 업무를 담당했다.

그러다 보니 책상에는 늘 책이 넘쳐났다. 책이 너무 늘었다 싶으면 1년에 한두 번씩 100여 권이 넘는 책을 집으로 옮기곤 했는데, 그럴 때마다 차를 가져와야 할 정도였다.

당시 내 책상은 '책으로 둘러싸여 있다'고 할 만큼 온통 책으로 꽉 차 있었다. 사무용품 10%, 책 90%의 비율이라고 하면 이해가 될까. 수시로 책을 찾아보는 게 일이라 그럴 수밖에 없기도 했지만, 한편으론 회사 일로 힘들고 지칠 때 오히려 그 책들이 방패막이가 돼주는 기분이 들기도 했다.

내 자리에 일단 앉으면 아, 여기가 내가 있을 곳이지 하는 생각이 들면서 마음이 편안해졌다. 회사에서 안정감을 느끼는 경우도 드물 텐데 나는 정말 그랬다. 그게 다 책 덕분이다.

회사는 공적인 공간이지만, 책상을 둘러싼 공간만큼은 나만의 세계였다. 내가 좋아하는 것으로 책상을 채워 일의 능률이 오른다면 그렇게 하는 게 맞다고 생각한다. 피규어를 좋아하는 사람은 자신이 좋아하는 캐릭터를 갖다 놓고, 식물 키우는 걸 좋아하는 사람은 크고 작은 화분으로 책상을 꾸민다. 파티션이 있다면 포스터나 엽서를 붙여놓아도 좋다.

회사에서 보통 8시간을 보내고 야근까지 하게 되면 집보다 회사에 머무는 시간이 더 많다. 하루 대부분을 책상에서 생활하는 직장인은 자기 자리에 정을 붙일 구실이 필요하다. 심리적 안정감을 갖는 것은 업무 효율에 크게 영향을 미치기도 하니까.

최근 들어 소통형 업무 방식을 지향한다며 파티션을 낮추거나 없애는 경우가 많은데, 오히려 생산성과 효율성에 역효과를 일으킨다는 연구 결과도 나왔다. 개방형 사무 공간에 앉아 있는 직원들은 이어폰을 끼는 식으로 외부와 차단해 업무에 몰입하려는 성향이 높아지고, 대면 소통도 줄어든다고 한다.

책상에 앉았을 때 맞은편 직원의 시선이 마주치지 않을 정도의 파티션은 그래서 필요하다. 적당한 사적 공간을 보장해주는 것은 심리적 안정과 더불어 업무 효율과도 직결되기 때문이다.

내 취향의 머그컵을 사고 키보드나 마우스를 굳이 내 돈 들여 새로 바꾸는 건 내 자리에 대한 애착이 있어서다. 공적 공간 안에서 내 정체성을 표현하고 싶어서다. 그건 곧, 일에 대한 의지나 의욕과도 비례한다.

내가 좋아하는 물건을 하나둘 들이면서 자리를 돌보는 마음은 그 공간에 의미를 부여하는 일이다. 의미가 있으면 특별해진다. 그럼 지루한 일상도 견딜 만해진다.

언제든 갈 곳이 있다는 것

¶

책방을 열고 일주일쯤 지났을 때였다. 곧 크리스마스여서 서점에는 잔잔한 크리스마스 캐롤을 틀어놨다. 여느 때처럼 오전 11시쯤 서점에 출근한 나는, 오지 않는 손님을 기다리며 혼자만의 시간을 만끽하고 있었다.

얼마 후 언니가 조카와 함께 책방에 왔다. 평소처럼 그냥 다니러 온 건가 싶었지만 표정이 안 좋았다. 자초지종을 들어보니 형부와 다투고는 갈 데가 마땅치 않아서 왔단다. 보통

이럴 때 언니는 근처 카페나 백화점에 가지만 그날은 내 책방으로 온 거였다. 하소연할 상대가 필요했나 보다.

다행히 손님도 없는 터라 우리는 잔잔한 캐롤을 조금 크게 틀어놓고 때마침 거리에 내리는 눈을 말없이 바라보며 속내를 털어놨다. (형부 뒷담화를 시원하게 했단 거다.) 스트레스 푸는 데 이만한 건 없으니까.

그 후 석 달쯤 흘렀다. 언니는 내 책방 옆에 작은 카페를 오픈했다. 계획에 없던 결정이었다. 남편은 언니와 나를 두고 '불도저 자매'라 부르며, 자매가 쌍으로 추진력이 어마어마하다고 고개를 내둘렀다. 나는 책방을 열기로 마음먹고 두어 달 만에 오픈한 데다, 언니는 내 책방을 오가다 옆에 빈 가게를 보고 카페를 해야겠다며 덜컥 계약해버렸으니 그럴 만도 하다.

어쨌든 내게 집보다 마음 편한 책방이 생긴 것처럼 언니도 자기만의 공간이 생겼다. 그렇지만 처음의 호기와 달리, 막상 가게를 운영한다는 건 쉬운 일이 아니었다. 겉으로는 그럴싸해 보여도 처음 하는 사업인 만큼 만만치가 않았다. 더군다나 언니는 나처럼 혼자 하는 가게가 아니라 직원을 셋이나 두어야 했으니 신경 쓸 게 여간 많지 않아 보였다.

언니는 내가 이걸 왜 시작했을까 하고 간혹 후회하기도 했지만, 그럼에도 시작하길 잘했다고 말한다. 특히나 카페를 열고 가장 만족스러워 하는 건 언제든 갈 곳이 있다는 거다.

"그때 오빠랑 싸우고 네 책방에 갔을 때 있지, 뭔가 되게 편안한 거야. 너희 집에 가는 거랑은 또 다르잖아. 집에는 제부도 있고. 근데 카페를 열고 제일 좋은 게 그거야. 오빠랑 다퉈도 언제든 내가 편하게 갈 데가 있다는 거. 그게 제일 만족스러워."

나는 적극적으로 공감하며 우리에게 이런 공간이 얼마나 필요했는지 새삼 깨달았다. 집이 아무리 넓어도 한 공간에 같이 있는 한, 그 안에서는 해소할 수 없는 내적 앙금이 쌓이기 마련이다.

집이 아니면 마땅히 갈 데 없던 우리에게 그 누구의 눈치도 보지 않고 머물 수 있는 공간이 생긴 것이다. 오라는 데는 없어도 갈 데는 있다!

머리를 텅 비울 시간

¶

아이를 어린이집에 보낸 후 책방으로 출근한다. 출입문의 비밀번호를 누르고 서점으로 들어서면 옅은 히노키 향이 코끝에 스친다. 주변 사람들은 내게 이런 공간이 생겨서 좋겠다고들 한다. 그럼 난 좋은 기색을 숨기지 못하고 입가에 미소까지 띄운 채 고개를 끄덕인다.

오롯한 나만의 공간. 물론 불특정 다수가 들락날락하는 곳이지만, 구석진 동네에 유동인구가 많지 않아 거의 혼자 있을 때가 많은 곳이다. 집에서 휴식하는 것과는 차원이 다른 쉼이 있다. 엄마와 아내에서 벗어나 '나'로 존재할 수 있는 곳.

책방에 있으면 퇴근하기 싫고 집에 있으면 얼른 책방으로 출근하고 싶다. 남자에게만 동굴이 필요한가? 여자에게도, 특히 자녀가 있는 기혼 여성에게는 '자기만의 방'이 절실하다.

도리스 레싱의 단편소설《19호실로 가다》는 육아를 경험한 여자라면 공감할 만한 이야기다. 주인공 수전의 집은 빈 방이 남아돌고 정원까지 달린 커다란 저택이지만 아내나 엄마가 아닌 온전한 나로 존재할 공간은 없다.

결혼 전 수전은 광고 일을 하며 스스로 돈을 벌어 자기만의 인생을 즐기던 여자였다. 남편 매슈를 만나 결혼하고 아이를 넷이나 낳으면서 직장을 관두고 육아에만 전념했지만 일을 포기한 건 아니었다. 아이들에게 자신의 손길이 더 이상 필요하지 않을 때 반드시 직장으로 돌아가리라 굳게 마음먹고 있었다. 하지만 그것과 별개로 시간이 가면 갈수록 수전은 혼자 있을 곳이 필요하다고 깨닫는다.

'이건 모두 아주 자연스러운 일이야. 처음에 나는 어른이 된 뒤 12년 동안 일을 하면서 나만의 인생을 살았어. 그리고 결혼했지. 처음 임신한 순간부터 나는, 말하자면 나 자신을 다른 사람들에게 넘겼어. 아이들에게. 그 후 12년 동안 나는 단 한순간도 혼자였던 적이 없어. 나만의 시간이 없었어.'

결혼하고 임신한 순간부터 내가 사라진 것이다. 수전은 저택의 빈 방 하나를 골라 '엄마의 방'이란 푯말을 걸어놓고 숨어든다. 그곳에서 그녀는 아이들이 자신을 부르는 소리에도 죄책감을 느끼며 침묵한다.

결혼한 여자의 뇌는 휴식이 없다. 끊임없이 다음을 생각하며 30분 뒤, 3시간 뒤를 예상해야 한다. 뭔가를 하는 동안 온전히 이것에만 집중할 수 없다. 그러려면 완전한 혼자가 될 수 있는 곳에 가야 한다.

결국 수전은 시내의 한 호텔방을 자신의 안식처로 삼아 주기적으로 드나든다. 거기서 아무것도 하지 않고 그저 멍하니 앉아 있다가 집으로 돌아온다.

엄마에게는 머리를 텅 비울 시간이 절실하다. 그건 집에선 도저히 불가능하다. 내가 집이 아닌 책방에 나와서야 마음의 평화를 누릴 수 있는 것처럼.

"저는 아파트 주차장에 차를 세워놓고, 노래 한 곡을 듣고 집에 들어가요."

워킹맘은 회사에서 퇴근해 다시 집으로 출근한다. 퇴근 후 주차장에서 노래 한 곡을 듣고 들어간다는 어느 엄마의 이야기를 듣고 코끝이 시큰해졌다. 누군가에겐 아무런 감흥도 없는 말일 수 있지만 절절히 공감할 수밖에 없는 나로선 눈물이 날 만큼 서글픈 일상이다.

오죽하면 저런 습관이 생겼을까. 주차장에서 노래라도 한

곡 듣고 들어가지 않으면 도저히 버틸 수 없는 시간이 그녀를 기다리고 있는 것이다.

종일 떨어져 지낸 아이가 보고 싶지 않은 건 아니다. 노래 한 곡이 나오는 3분 30초 동안 나에서 엄마로 세팅을 전환해야 하는 것이다. 누군가는 가방에서 책을 꺼내 에세이 한 꼭지를 읽고, 누군가는 스마트폰으로 SNS를 훑어본다. 그 잠깐의 시간이 얼마나 달콤한지 겪어보지 않은 사람은 모른다.

《19호실로 가다》로 다시 돌아가, 집이 아닌 곳에서 혼자 있고 싶어 하는 수전을 보며 사람들은 '사치'라는 꼬리표를 달고 나중엔 그녀의 정신 상태까지 의심한다. 결국 수전은 순수하게 자신만을 위한 곳, 아무 생각 없이 혼자 있을 수 있는 공간을 가질 수 없단 걸 깨닫고 호텔방에서 자살하고 만다.

죽음을 선택할 만큼 혼자 있을 공간과 시간이 절실하단 결론이 다소 극단적이긴 해도 충분히 이해된다. 이해하다마다.

어쩌면 결혼한 여자에게는 가족과 떨어져 혼자 있을 수 있는 '공간'만큼이나 아무것도 신경 쓰지 않아도 되는 '시간' 또한 간절할지 모른다. 19호실에 들어간 수전이 의자에 앉아 아무것도 하지 않는 것처럼, 정말이지 머리를 텅 비울 수 있는 시간이 필요한 걸지도 모르겠다.

혼자를 충전하는 곳

¶

신종 코로나바이러스로 온 나라가 뒤집혔다. 유치원부터 초중고 개학일이 장기간 미뤄지고 그마저도 온라인 개학으로 대체하는 이례적인 현상이 벌어졌다.

사십 평생 이런 적은 처음이다. 바이러스로 개학이 미뤄지다니. 정부에선 사회적 거리두기를 시행하며 가급적 외출을 삼가라고 했다.

집에 있는 시간이 길어질수록 나는 반미치광이가 되어갔

다. 짜증이 늘고 무기력해졌다. 집안일을 할 시간은 늘었는데 손발이 거들지 않았다. 계속 침대에 누워 뉴스만 봤다. 때가 되면 간신히 일어나 밥을 하고 청소기를 돌리는 정도다. 열과 성을 다해 아이와 놀아주지 않는 내 자신이 싫어져, 오히려 눈치 보는 아이에게 화를 내기도 했다. 애가 무슨 잘못이라고. 내가 왜 이렇게 기운이 없는지, 바이러스에 감염된 것도 아닌데 왜 이렇게 온몸이 무거운지 알고 싶었다.

답은 간단했다. 혼자 있고 싶은 것이다. 24시간 아이와 붙어 있어야 하는 초유의 사태. 주말을 포함해 평일 내내 재택근무 하는 남편까지 집에 있다 보니 답답하기가 이루 말할 수 없었다.

평소라면 하루 중 8시간 정도는 혼자 있을 수 있었다. 그게 집이든 책방이든 그 어디든, 나는 혼자서 자유를 만끽할 수 있었다. 난 혼자여야 충전이 되는 사람이다. 깊이 생각해야 할 것들은 나만 있는 공간과 시간으로 미뤄두곤 했다.

그런데 코로나19로 혼자 있을 시간이 아예 없어진 것이다. 바이러스 확산 방지 때문에 책방은 열지 못해도 집에서 원고를 쓰거나 검수하는 일들을 처리해야 하는데, 아이 때문에 손도 못 대고 있었다. 참다못한 나는 아이를 재운 뒤 밤 10시가 넘어 책방으로 갔다.

혹시 모르니 문은 안에서 잠갔다. 며칠 동안 책방을 열지 못해서 실내가 썰렁했다. 난방기부터 틀고 전면 창에 블라인드를 내렸다. 전체 조명이 두 개인데 아늑한 게 좋아 하나만 켰다. 후우우— 긴 숨이 저절로 쉬어졌다.

혼자일 수 있는 곳에 온 거다, 드디어. 책방을 오픈하고 블라인드를 끝까지 내려본 건 처음이다. 이렇게 밤에 책방을 작업실로 쓰게 될지도 몰라서 인테리어 공사할 때 블라인드 설치까지 해두었던 참이다. 코로나19 덕분(?)에 심야 작업실을 제대로 써보게 되다니.

블루투스 스피커를 노트북에 연결해 음악을 틀었다. 커피

포트에 물을 따르고 스위치를 올렸다. 종이컵에 믹스커피를 부었다. 밤이 늦었지만 마시기로 한다. 서가에서 읽고 싶은 책을 툭툭 뽑았다. 책방 안쪽 구석의 작은 내 책상이 아닌, 가운데 손님용 큰 테이블 위에 책을 늘어놓고 읽고 싶었다. 아무도 보는 사람 없으니 내 마음대로 해야지. 자, 이제 충전 시작.

한참 책을 읽다 어느덧 시계를 보니 새벽 1시다. 책방에 온 지 30분밖에 안 된 것 같은데 벌써 세 시간이 훌쩍 흘렀다. 잠은 오지 않지만 이제 들어가야 할 것 같다. 주섬주섬 가방을 챙겼다. 오래전 학창 시절, 독서실에서 집으로 돌아갈 때의 기분이 이랬던가? 아니다. 그땐 얼른 집에 가고 싶었지만 지금은 아니다. 계속 여기서 혼자이고 싶다.

지극히 개인주의 성향이 강하고 남보다 나를 우선시하는 나 같은 사람에게, 타의에 의해 가족과 함께 있어야 하는 24시간은 너무 가혹하다. 그나마 이렇게 혼자가 될 수 있는 공간이 있다는 게 얼마나 다행인지. 한번 잠들면 아침까지 깨지 않고 잘 자는 아이와 늦은 시각인데도 별 다른 이유 묻지 않고 보내주는 남편도 고맙다.

아, 뭐야. 혼자 있었더니 벌써 충전이 된 건가. 마음이 막 넉넉해지네.

책 하나 펼쳐볼 공간만 있다면

¶

텅 빈 버스, 당신이 가장 좋아하는 자리는 어디인가? 학창 시절 내가 선호하던 자리는 버스기사 바로 뒷자리였다. 요즘은 이동 거리에 따라 조금 차이가 있지만, 주로 뒷문 근처의 창가 자리에 앉거나 장거리인 경우엔 버스 뒤편의 창가 자리에 앉는다.

내향적인 성격이었던 나는 중고등학생 때 버스를 타면 앞문과 가장 가까운 자리에 재빨리 앉았다. 뒷자리로 가는 동안 사람들이 왠지 쳐다볼 것만 같아서 그게 너무 신경 쓰였다. 실은 아무도 나에게 관심 없었을 텐데.

요즘은 대부분 스마트폰만 쳐다보느라 누가 타거나 말거나 관심도 없지만, 그때는 사람들이 창밖을 구경하고 있어서 버스가 멈추고 출입문이 열리면 입구를 힐끔 보긴 했었다. 그래도 그렇지, 그 많은 사람들이 나를 볼 거라고 착각하다니. 숫기 없는 성격도 한몫했다.

나이를 먹으면서 사람들은 타인에게 별 관심이 없다는 걸 조금씩 깨달았고, 이제는 버스를 탈 때도 뒷자리까지 걸어가는 게 아무렇지 않아졌다.

오래전 즐겨 앉던 버스기사 뒷자리는 유독 아늑하게 느껴지는 공간이었다. 작은 계단을 하나 밟고 올라가면, 운전석과 분리하기 위한 투명 파티션이 앞에 처져 있다. 게다가 팔걸이까지 있어서 왠지 모를 안정감이 있다. 만일의 경우 교통사고가 났을 때 운전기사 뒷자리가 가장 안전하단 설도 있다.

지하철에서도 출입문 바로 앞이 내 지정석이었다. 처음으로 지하철을 탔을 때가 고등학생 때였는데, 빈 자리가 없을 때 사람들이 일렬로 앉아 있는 곳에 마주 보고 서 있는 게 너무 어색했다. 그래서 출입문 바로 앞에 서서 창밖을 바라보며 갔다. 이제는 거기 서 있으면 빈 자리를 차지할 가능성이 희박하다는 걸 알기에, 무조건 사람들이 앉아 있는 좌석 앞에 서 있지만.

출퇴근길 만원 지하철은 발 디딜 틈 없이 사람들로 빼곡하다. 어떨 땐 사람들 사이에 껴서 공중부양할 지경이다. 그럴 땐 그냥 마음을 비우고 그 틈 안에서 내 공간을 찾는다. 운이 좋으면 책 하나 펼칠 작은 공간이 생기기도 한다. 이때 이어폰을 끼고 주위 소음을 차단하면 순식간에 책의 세계로 빠져들 수 있다.

수많은 사람들 속에 파묻혀 있어도 투명한 유리막 안에 들어가 몸을 숨기고 있는 기분이랄까. 아무리 번잡한 지하철이라도, 책만 꺼내서 펼쳐볼 수 있다면 참을 만했다. 그럼 출퇴근 시간도 순식간에 지나갔다.

그러고 보니 버스나 지하철을 타본 지가 꽤 오래됐다. 퇴사한 뒤로는 좀처럼 대중교통을 이용할 일이 없다. 매일 출근하는 책방이 집에서 도보로 5분 거리니까. 퇴사하고 가장 좋은 건 역시 콩나물시루 같은 지하철을 타지 않는 거다.

집을 아무리 고쳐도

¶

지금 사는 곳은 신축빌라지만 맨 처음 이사 왔을 때, 복층인 것과 테라스를 빼면 마음에 드는 구석이 거의 없는 집이었다. 그중 가장 마음에 안 드는 건 집 전체를 두르고 있는 회색 몰딩이었다. 조잡한 몰딩에 숨이 막힐 지경이었다.

인테리어에 관심이 없으면 모를까, 이 몰딩을 어찌해야 될지 남편과 밤낮으로 고민했다. 결국 우리가 직접 흰색 페인트를 사다가 칠하기로 했다. 꼬박 하루가 걸리는 대

공사였다.

하나가 끝나면 또 하나의 단점이 보이는 이상한 집. 그다음은 주방이었다. 주방 타일과 싱크대 문짝, 상판이 영 마음에 들지 않았다. 그렇다. 다 마음에 안 들었다. 당장 바꾸려면 바꿀 수 있겠지만 돈도 많이 들고 신축빌라라 모든 자제가 새 거라서 그대로 뜯어내기엔 아깝기도 했다.

주방에 들어갈 때마다 눈을 질끈 감으며 1년을 보냈다. 더 이상 참을 수 없다 싶었을 때 인테리어 업체에 의뢰해 싱크대 문짝부터 바꿨다. 기존 문짝은 복잡한 무늬가 새겨져 있는 데다 검은색 테두리까지 있었기에 이번엔 아무것도 없는 흰색으로 교체했다. 문짝만 바꿔도 살 것 같았다.

그다음은 벽면 타일이었다. 진짜 타일로 시공하면 이것도 큰 공사여서, 붙이는 시트지 타일을 사다가 남편이 직접 작업했다. 싱크대 상판은 그로부터 2년 정도가 지난 뒤 전문 회사에 시공을 맡겼다.

공간에 대한 욕심은 끝이 없다. 몰딩 색깔만 바꿔도 살겠다 싶었는데 그게 해결되니 또 다른 게 바꾸고 싶어졌다. 전에는 신경 쓰이지 않던 게 자꾸만 보이는 거다. 이것만 바뀌면 내 삶이 달라질 것 같은데, 이것만 사면 더 나은 일상이 될 것 같은데…. 끝없이 뭔가를 바꾸고 추가해야지만 더 괜찮아질 수 있다고 믿었다.

실제로 그렇게 충족이 되고 나면 그 순간 삶은 나아지는 듯했지만, 결과적으로 더 큰 욕망을 채우기에 급급했다. 몰딩을 하얀색 페인트로 칠하고 나니 그에 어울리는 소파를 사고 싶어졌고 주방을 화이트 톤으로 바꾸니 거기에 어울리는 식기 건조대가 보였다. 그 갈망과 욕심에 과연 끝이 있을까? 최근에는 거실 소파가 영 거슬리기 시작했다. 패브릭 소파여서 앉을 때마다 바닥 쿠션이 자꾸 밀리는 게 보기 싫었다. 이 단점 하나 때문에 또 다른 소파를 검색하고 있는 나. 이번에는 좀 번듯한 가죽 소파로 바꾸면 어떨까?

'큰 것에 욕심내거나 조바심내지 않고, 주어진 것이 부족하다고 느끼기 전에 주어진 것을 충분히 잘 누리고 있는지를 살펴볼 수 있는 여유. 그런 시간이 켜켜이 쌓이게 되면 조금 더 견고한 마음으로 삶을 살아갈 수 있게 된다고 믿는다.'

여러 저자가 쓴《집다운 집》이란 책에서 무과수 저자의 꼭지를 읽다가 명치가 찌릿해졌다. 완전히 지금의 나를 두고 하는 말 아닌가! (역시 책은 아주 시의적절한 때 나에게 온다.)

나는 생각을 고치기로 했다. 갖고 있는 걸 더 잘 쓰면 될 것을, 왜 꼭 이것만 아니면 좋겠단 생각을 반복했을까?

패브릭 소파가 싫어진 이유는 쿠션이 자꾸 밀리기 때문인데, 바닥 쿠션의 정리정돈을 수시로 해주고 세탁도 자주 해주면 얼마든지 오래도록 유용하게 쓸 수 있을 것이다. 결론은 내가 더 부지런해지면 된다는 것. 단점 하나가 보였단 이유로 전체를 바꾸려 했다.

이건 사실 돈이 있고 없고의 문제가 아니다. 멀쩡한 걸 단점 하나 때문에 버린다면 그다음 소파에서도 문제점을 찾을 게 분명하다. 그러다 보면 가구 하나둘을 바꾸는 데 그치지 않고 더 크고 괜찮은 집으로 이사 가길 바라게 되겠지.

이렇게 마음을 고쳐먹었지만 인스타그램에서 또 예쁜 가죽 소파를 보면 '이걸로 바꿀까?' 할지도 모르겠다. 책이 주는 메시지를 실제 내 삶에 적용한다는 건 말처럼 쉬운 일이 아니다.

집 꾸미기의 역사

¶

어릴 때부터 집 꾸미기에 관심이 많았다. 인테리어라고 하
기엔 거창하고, 그냥 내 주변 공간을 꾸미는 정도. 어렸을
적, 엄마가 일을 나가고 혼자 집에 있을 때면 가구며 이것저
것 옮기는 취미가 있었다. 집에 돌아온 엄마가 그걸 보고는
기함할 정도로 이리저리 바꾸는 데 선수였다. 그도 그럴 것
이 어느 날은 어른도 들기 힘든 쌀통이 옮겨져 있고, 또 어떤
날은 무거운 소파나 장식장의 위치가 바뀌어 있었으니까.

그 무거운 걸 혼자 어떻게 들었냐고 엄마는 자꾸 물었지만 사실 들었다기보다는 질질 끌었다는 게 맞다. 초등학생 여자 아이가 힘이 세면 얼마나 세겠는가. 게다가 나는 체구도 작았다. 정말이지 요령껏 옮겼다. 무슨 마법사 코스프레를 하고 싶었던 건지, 아무도 없을 때 낑낑거리며 바꿔놓고는 식구들이 왔을 때 짠! 하고 보여주길 좋아했다. 그 결과가 엄마의 등짝 스매싱일 때도 많았지만.

내가 집 구조를 바꿀 때마다 엄마는 잔소리를 했지만 나는 멈출 수가 없었다. 가구를 옮겨 공간에 변화를 주는 것이 그렇게 신나고 재밌었다. 싫증을 자주 느끼는 타입이었는지, 아무튼 내가 생각해도 심하다 싶을 만큼 자주 바꿨던 것 같다. 내가 왜 그랬을까 하고 곰곰이 생각해보면, 그때 우리 집이 마음에 들지 않았기 때문이란 당연한 결론에 이른다. 반지하에 살 때였다. 방 두 개, 화장실 하나, 좁다란 부엌과 거실이라고 하기도 애매한 공간이 전부였다.

당시 친한 친구가 우리 집 맞은편 단독주택에 살았는데, 우린 세 들어 사는 형편이지만 친구네는 주인집이었다. 넓은 거실에 번듯한 가죽 소파도 있었다. 그 친구는 형제가 셋이었는데 각자 방이 따로 있을 만큼 집이 컸다.

친구네 집에 놀러갔다가 돌아오면 어떻게든 조금이라도 내 맘에 드는 공간으로 바꿔보고 싶었다. 엄마에게 우리 집은 왜 이래! 하고 투정부리지 않은 것만도 기특한 거 아닌가.

어린애치고 청소하는 손도 야무졌던 나는 이리저리 가구를 옮긴 다음 청소도 말끔히 해놓곤 했다. 엄마는 늘 일 때문에 바빴고 언니는 집 꾸미기 따위 관심도 없었다. 우리가 사는 집에 가장 관심이 많은 건 나였다. 그 시절 나는 왜 그렇게 공간에 집착했을까?

'청소 총량의 법칙'이라도 있는지 어른이 된 지금은 청소라면 지긋지긋하다. 그런데 나이를 먹고 보니 이제는 어렸을 때의 나보다 엄마의 속사정이 들여다보인다. 당장 원래대로 못 해놓느냐고 다그치며 혼냈던 엄마가 속으론 얼마나 속상했을까. 어린것이 혼날 줄 알면서도 책상을 옮기고 쌀통을 옮기는 모습을 보며, 예쁘고 좋은 집에서 살게 해주지 못해 얼마나 미안하고 한스러웠을까. (엄마의 진심은 아직 확인하지 못했지만.)

얼마 후 우리는 27평 새 아파트로 이사를 하게 되었다. 반지하에서 벗어나는 게 믿기지 않았다. 이삿날 새집 거실에서 주방까지 질주했던 기억이 난다. 빨리 잠들고 싶었다. 자고 일어났을 때 꿈인지 생시인지 확인하고 싶었다. 지하가 아닌 지상에서 눈 뜨는 아침은 어떨지 너무 궁금했다.

원하는 대로 멋진 아파트에 살게 되었으니 나의 마법사 코스프레는 끝이 났을까? 결론부터 말하자면 더하면 더했지 잦아들지 않았다. 뭐랄까, 기회의 장이 더 늘어난 기분이랄까. 방의 개수도 늘고, 베란다처럼 전에 없던 공간도 생겼으니 해볼 만한 게 더 많아진 셈이었다. 화가에게 붓을 쥐어준 것

처럼 자유자재로 그리기 시작했다. 만족을 모르는 성격은

그때부터였나 보다.

백퍼센트 완벽한 옷방을 찾아서

¶

지금 사는 집에서 단 한 곳만 내가 원하는 대로 바꿔준다면 단연 옷방을 선택할 것이다. 상상만으로도 기분이 좋아진다. 나의 블랙홀, 풀리지 않는 미스터리의 근거지 옷방.

드디어 옷방 정리를 했다. 겨우내 미루고 미루다가 봄이 오면 해야지 했는데 조금 앞당겨졌다. 옷걸이 위로 쌓아둔 옷들이 오늘 내일 곧 쓰러질 기미를 보였기 때문. 예전에도 원목 옷걸이가 부러진 경험이 있어서 조짐이 보이면 사전에 손을 써야 한다.

우리 집 옷방은 나와 남편의 공동구역이다. 한쪽 벽은 붙박이장이고, 그 맞은편엔 남편이 조립한 이케아 원목 서랍장이 있다. 남편 옷만 걸어두는 옷걸이 겸용 서랍장과 내 옷만 걸어두는 전신 거울 옷걸이도 있다.

이곳을 드레스룸이라 안 하고 옷방이라고 부르는 건, 드레스룸이라고 하기엔 소박하기 짝이 없어서다. 이 방은 그냥 딱 옷방 수준이다.

나도 드레스룸이 갖고 싶다. 두꺼운 외투를 걸 때마다 있는 힘껏 코트와 패딩점퍼를 밀치지 않아도 되는 옷장. 아끼고 아껴서 산 가방을 하나씩 착착 세워둘 수 있는 수납공간, 그리고 언제 꺼내도 티셔츠가 구겨져 있지 않는 서랍장까지 모두 다 갖출 수 있다면 얼마나 좋을까.

공간은 협소한데 옷 좋아하는 두 사람의 쇼핑은 멈출 줄 모르니 옷들이 늘 옷장 밖으로 삐죽빼죽 튀어나온다. 어떤 날은 퇴근하고 돌아오니, 수납장 문짝이 열려 옷들이 우르르 쏟아져 나와 있었다. 수납장이 옷을 토한 것 같았다.

도저히 안 되겠다 싶어 옷 정리 기준을 세웠다. 1년 동안 한 번도 꺼내 입지 않은 옷은 가차 없이 헌옷수거함 직행이다. 버린 걸 나중에 후회할까 봐 항상 고민이 되지만, 버린 옷이 아쉬웠던 적은 아직 단 한 번도 없다. 못 산 옷이 생각나지, 버린 옷이 생각나진 않는다.

이렇게 옷방을 정리할 때마다 100리터짜리 쓰레기봉투가 2~3개는 나온다. 전에는 집 앞 헌옷수거함에 버렸는데 하나씩 좁은 수거함 구멍에 넣는 것도 너무 번거로운 일이라 헌옷을 수거해가는 업체를 부르기도 했고, 최근에는 당근마켓에 무료나눔으로 올리고 있다.

오늘도 정리를 하고 보니 봉투 3개가 나왔다. 나도 그렇지만 요즘 사람들이 옷을 버릴 때는 낡아서 버리는 경우는 드물 것이다. 멀쩡한 옷인데 유행이 지나서 혹은 앞으로도 안 입을 것 같으니까 정리한다. 오늘 정리한 옷가지들도 당장 내일 입고 나가도 아무 지장 없는 것들이지만 단호하게 마음먹고 정리하기로 했다.

이게 다 넣을 곳이 없어서다. 옷장 밖에다 옷을 쌓아두지 않으려면 어떻게든 이 모든 것들이 들어갈 공간을 마련해야 하는데, 그러려면 안 입는 것들을 버리는 수밖에 없다.

옷방을 정리할 때마다 드는 생각은 늘 한 가지. 누구나 똑같이 하는 생각. 옷이 이렇게 많은데 왜 맨날 입을 게 없을까! 매번 옷 정리를 할 때마다 스스로에게 하는 욕이 있다.

"옷을 또 사면 내가 미친년이지!"

이번에도 여러 번 외쳤다. 버릴 옷을 현관에 내놓으러 나갔는데 며칠 전 주문한 후드티 택배가 도착해 있었다. 그걸 보면서 또 반가워하는 나. 버리고 또 사는 끝없는 개미지옥.

우리 옷방이 좁은 걸까? 아니면 옷이 남들에 비해 지나치게 많은 걸까? 맘 같아선 앞의 질문은 맞고 뒤의 질문은 틀리다고 외치고 싶지만 양심의 가책을 느낀다.

무료나눔 할 옷 세 봉지를 담고 잡동사니 넣어둔 서랍 두 개를 비워 여름 티셔츠 넣는 공간을 마련하는 것으로 오늘의 옷방 정리는 마무리되었다. 지난여름에 옷 정리를 할 때도 나는 다신 옷을 사지 않겠다! 하고 다짐했을 것이다. 그런데 결과적으로 서랍 두 개를 꽉 채울 만큼의 옷이 더 늘었다.

언젠가는 옷을 버리지 않고도 여유롭게 수납할 수 있는 옷방을 갖고 싶다. 내가 가진 모든 옷이 한눈에 보이는 공간. 보이지 않은 채로 접히고 쌓여서 공간만 차지하는 옷가지들이 없는 공간. 더 이상 문고리가 가방걸이가 되지 않는 곳. 백퍼센트 완벽한 옷방을 갖는 날은 언제쯤 올까?

뜨끈하고 고요한 핫요가의 세계

¶

종종 학원을 다녔다. 어릴 때는 친구 따라 다니기도 했다.

영어, 수학, 컴퓨터 등 별 관심은 없지만 친구들이 다니니까

덩달아 다니는 게 많았고, 고등학교 때는 입시미술 학원에

쭉 다녔다. 독서실과 도서관도 꾸준히 들락날락했다.

성인이 된 다음에는 포트폴리오를 준비하려고 개인레슨을

받았는데 그 공간이 지금 돌이켜봐도 꽤 인상적(?)이다. 책

상 두 개 들어가면 꽉 찰 만큼 작은 오피스텔이었는데, 거기

에 남자 선생님과 단둘이 몇 시간을 있었다. 당시에도 일주일에 한 번씩 그곳에 갈 때마다 별일 없겠지? 하고 걱정을 안은 채 들어갔던 것 같다. 다행스럽게도 정말 아무 일도 없었다.

어쨌거나 그렇게 포트폴리오를 만들어 원하는 회사에 취직했고, 그다음부터는 업무에 도움이 되거나 진짜 내가 배우고 싶은 걸 찾아 학원에 다녔다. 캘리그래피 학원도 그중 하나고, 글쓰기에 관심을 가지기 시작하면서 소설, 시나리오 작법을 배우러 안양에서 신촌까지 먼 줄도 모르고 다녔다. 타의에 의해서 뭔가를 배워야 할 땐 집 앞 학원도 천리길 같은데, 내가 나서서 배우러 다닐 땐 왕복 2~3시간도 거뜬했다.

요가 학원이 그랬다. 내가 다닌 곳은 핫요가를 하는 곳이었는데 38도 정도 되는 뜨끈한 방(스튜디오)에 들어가 땀을 쭉 빼며 동작을 한다.

날마다 같은 동작을 반복한다. 어려운 동작이 되는 날도 있고, 쉬운 동작이 안 되는 날도 있다. 안 되던 동작이 된다고 좋아할 것도 없고, 늘 하던 게 안 된다고 좌절할 필요도 없다. 요가는 그런 거니까.

운동이랑 거리가 먼 내가 그나마 요가를 오래 할 수 있었던 이유는 재촉하지 않았기 때문이다. 속도를 내고 진도를 빼고 완성도를 높이지 않아도 된다. 어떤 날은 한쪽 구석에 누워 숨만 쉬어도 된다. 제대로 호흡하는 것마저 안 될 때도 있으니까.

요가가 나랑 잘 맞다 해도 갈 때마다 발걸음이 가벼운 건 아니다. 오래 다녔지만 운동하러 나가는 일은 언제나 힘들다. 날이 춥거나 더우면 더더욱 나서기가 싫다. 하지만 요가복을 갈아입고 방에 딱 들어서는 순간 아~ 좋다 소리가 절로 나온다.

나는 그 방의 온도가 좋았다. 힐링요가, 빈야사, 파워요가,

필라테스, 비트요가 등 다양한 수업이 있었지만 들어가자마자 훅 하고 느껴지는 온기로 내게 들러붙어 있던 스트레스를 싹 녹여주는 건 핫요가뿐이었다. 아늑한 조도의 조명은 또 어떻고. 동작을 하지 않으면 살짝 졸음이 밀려올 것 같은 어둑한 빛에 절로 숨을 고르게 된다.

누군가는 너무 덥고 답답해서 못 들어가겠다는 온도지만 늘 몸이 찬 내게는 적정 온도였다. 평소 땀이 잘 안 나는 편인데 38도에서 여러 동작을 하다 보면 자연스럽게 땀이 배어난다. 그 개운함은 이루 말할 수 없다.

스트레칭을 하면서 땀을 쭉 빼면 오늘 하루, 이 시간을 위해 달려온 것만 같은 착각이 들 정도다. 명상을 유도하는 잔잔한 음악이 공간을 휘감으면 너무 무리하지 않는 선에서 내가 할 수 있는 데까지만 자세를 잡아본다.

여건상 요가 학원을 계속 다니지 못하게 되어 집에서 할 요량으로 요가 매트를 샀다. 안방에는 침대 때문에 공간이 안 나오고, 거실도 소파와 테이블 때문에 어려웠다. 어쩔 수 없이 아이 방에 요가 매트를 깔고 자세를 취해봤다.

아무것도 할 수 없었다. 스트레칭 정도만 해보려 했지만 지나치게 밝은 형광등 불빛과 몸을 후끈하게 데워주지 못하는 온도가 문제였다. SNS를 보면 남들은 부엌 바닥에서도 요가를 잘만 하던데….

온도와 조명 탓은, 집에선 운동하고 싶지 않은 내 핑계일 뿐인 걸까?

사라지지 마, 목욕탕

¶

아이를 임신한 초반에는 뭐가 뭔지 어리둥절해서 신경도
못 쓰고 있다가, 10주쯤 지나면 슬슬 성별이 궁금해진다.
처음에는 내 안에 생명이 자라고 있다는 것만으로도 너무
벅차고 부담스러워서 아무것도 생각할 수 없지만, 차차 안
정되기 시작하면 딸인지 아들인지 궁금하고 나아가 마음이
기우는 성별이 생긴다.

나는 딸이었으면 했다. 이유는 딱 하나였다. 목욕탕에 함께

갈 수 있다는 것. 아들이면 다섯 살 정도까지는 어찌어찌 데리고 다니겠지만, 그 이후부터는 사실상 불가능하기 때문에 나이가 들어도 쭉 함께 목욕탕을 갈 수 있는 딸이었으면 했다. 하지만 희망과 달리 아들이었고 나는 조금 실망했다. (아들아, 미안.) 고작 목욕탕 때문이냐고 할 수도 있겠지만 나는 그만큼 목욕탕을 좋아한다.

내가 초등학생일 때만 해도 목욕탕 차가 버스처럼 동네를 순회했다. 정해진 시간에 정해진 장소에 나가서 기다리면 승합차가 스르르 앞에 섰다. 엄마와 언니, 나는 목욕탕 바구니를 들고 그 차에 올라탔다.(아, 되게 옛날 사람 같다.) 어릴 땐 좋아서라기보다 엄마가 가야 한다니까 따라갔을 거다. 주로 주말에 갔는데 집을 나서기까지는 너무 싫었지만 목욕이 다 끝나고 엄마가 사주는 허쉬 초코우유는 기가 막히게 맛있었다. 요즘은 왜 그 맛이 안 나는지. 지금도 그 맛을 잊을 수 없다.

결혼 후에는 목욕탕을 주로 혼자 다닌다. 1년에 한두 번 정도 엄마나 언니랑 시간을 맞춰 같이 가기도 한다. 나는 혼자서 2주에 한 번 꼴로 가는데, 집이 아닌 공간 그러니까 책방이나 카페와 거의 비슷한 수준으로 목욕탕을 사랑한다.

목욕을 하고 나왔을 때의 그 개운함! 뭐든 할 수 있을 것처럼 산뜻한 에너지가 충전된 느낌! 몸도 가볍고 마음도 덩달아 가뿐해진다. 사람이 우울하면 잘 씻지도 않게 되는데, 그럴 때일수록 일단 개운하게 씻어보라고 말하고 싶다. 씻으면 없던 기운까지 생긴다.

내가 다니는 동네 목욕탕은 못해도 20년은 된 것 같다. 여길 다닌 지도 5년이 넘었다. 규모가 크진 않지만 단독 건물에 주차장까지 있고, 지하에는 찜질방도 따로 있다. 목욕탕만 가는 나는 찜질방은 아직 이용해본 적이 없다.

목욕탕에서 내가 제일 좋아하는 곳은 세신실이다. 가만히 누워만 있으면 알아서 때를 밀어주는 곳. 세신사가 허벅지를 가볍게 탁탁 칠 때마다 몸을 시계 방향으로 세 번 돌려주면 된다.

세신대는 두 개가 놓여 있고 그 사이에 벽이 쳐져 있어 엄연히 공간이 분리돼 있다. 프로페셔널하게 움직이는 세신사의 동선에 따라 각종 도구들이 짜임새 있게 놓여 있다. 자잘한 것들이라 다소 번잡해 보이기도 하지만, 나름의 규칙을 가지고 정갈하게 정리된 것들이다.

목욕탕이 청결한지 아닌지 판단하는 내 기준은 바로 천장이다. 세신대에 누워 천장을 봤을 때 물때가 끼어 있느냐를 보면 알 수 있다. 어떤 목욕탕은 천장에 거뭇거뭇 물때가 끼어 있고 거기에 수증기가 맺혀 있다가 내 얼굴에 똑 떨어지기도 하는데 그렇게 찝찝할 수가 없다.

때를 민 지 보름쯤 지나면 허옇게 각질이 일어나기 시작하는데 그 찝찝한 몸을 이끌고 이곳에 들어설 때마다 어서 저를 새로 거듭나게 해주세요, 하는 마음으로 세신대에 눕는다.

여러 세신사를 만나본 내 경험상, 연차와 노하우에 따라 만족도가 다르다. 전혀 아프지 않게 살살 밀면서도 말끔히 때를 밀어주는 분들이 있는가 하면 아파서 윽 소리가 절로 나는 분들도 있다. 후자는 주로 이 일을 시작하신 지 얼마 안 된 분들 같다.

성인이 된 다음부터, 그러니까 돈을 벌기 시작하면서부터 나는 늘 세신사에게 몸을 맡겼다. 최근엔 세신비가 2,000원 올라서 22,000원이다. 오랫동안 20,000원이었다가 오른 것이다. 곰곰이 생각해봤는데 나는 세신비가 30,000원까지 올라도 기꺼이 낼 수 있다. 커피값, 책값을 줄여서라도 이 비용은 낼 것이다. 세신에는 힘과 기술이 필요하다. 전문가에게 맡기는 건 그럴 만한 가치가 있다.

내가 가는 목욕탕만 해도 60대 이상의 어르신들이 많다. 내 또래나 나보다 젊은 세대는 보기 힘들다. 사람들은 점점 목욕탕에 안 간다. 여럿이 탕 하나에 들어가는 게 비위생적이

기도 하고, 집에서 자주 샤워하니까 굳이 목욕탕에 갈 필요가 없다고 생각할 수도 있다. (샤워와 때목욕은 엄연히 다른데….)

목욕탕은 너무 멀어도 안 된다. 가벼운 마음으로 오고갈 수 있어야 하기 때문에 차로 10분 정도 거리가 적당하다. 어쨌거나 동네에 목욕탕이 한두 개쯤은 있었으면 좋겠다. 오래오래 유지되었으면 한다.

정말이지 간절한 마음으로 외친다. 사라지지 마, 목욕탕!

식물을 가꾸는 마음은 결국

¶

우리 집 옥상 테라스에는 가로 4미터, 세로 1.5미터 크기의 화단이 있다. 원래는 틀만 있는 빈 수영장 같은 형태였는데, 화단을 만들고 싶어서 흙을 사다 열심히 부었다. 양재 꽃시장에서 흙을 사다가 30포대 이상 부었던 것 같다.

아마추어의 손길이 여실히 느껴지는 어색한 화단이 완성됐지만 처음에는 꽤 뿌듯했다. 이름이 기억나지 않는 작은 나무도 심었는데 시간이 지날수록 관심을 덜 줘서 그런지, 여름에는 너무 덥고 겨울에는 너무 추운 옥상 환경 때문인지 다 죽고 말았다. 그렇게 화단은 투명 화단이 되고 말았다. 있지만 보이지 않는.

며칠 전 그 '죽은' 화단에 장미를 심었다. 꽃을 심었다고 하기에도 민망하지만 노란 장미 화분을 두 개 사다가 화단에 옮겨 심은 것. 장미를 사면서 꽃집 아주머니의 추천으로 방울토마토 모종 네 개도 같이 사서 심었다. 사실 방울토마토와 상추 씨앗은 진작 사다놨었는데, 꽃집 아주머니가 씨앗 뿌려서 언제 싹을 보냐고 하기에 귀 얇은 나는 모종도 샀다. (씨앗도 그 옆에 뿌렸다.)

나는 원래 '식물 저승사자'로 뭐든지 다 죽이는 무서운 손을 가졌다. 그런데 요즘 뭘 자꾸 키우고 싶다. 왜 자꾸 나를 시험해보고 싶은 걸까? 화단에 장미와 방울토마토만 키우는 거라면 노는 화단이 아까워서라고 생각할 테지만 이게 전부는 아니다.

최근엔 책방에도 틸란드시아 같은 공기정화 식물과 크고 작은 화분을 대여섯 개나 들여놓고, 집에도 야레카야자와 여인초를 사다놨다. 키우고 돌보는 것에 승부욕이 생긴 걸까?

〈한겨레〉신문에 이런 제목의 기사가 실렸다.

'왜 미용실, 부동산중개업소에선 식물이 잘 자랄까요?'

지면 하나를 꽉 채운 기사를 앉은 자리에서 바로 읽기 시작했다. 늘 궁금하긴 했다. 사실 진짜 궁금한 건 '왜 식물이 잘 자랄까?'보다 '왜 저렇게 많이 키우는 걸까?'지만.

미용실과 부동산 사장님은 식물을 좋아하고 관심 쏟을 시간이 많다는 공통점이 인터뷰 속에 나와 있었다. 미용실이든 부동산이든 거의 종일 가게를 지켜야 하는 업종이다 보니 식물을 돌보고 가꿀 시간이 많고, 거기서 오는 성취감이 화분을 하나둘 늘리는 계기가 됐을 것이다.

미용실 사장님들 사이에는 '화분부심'이 있어서 모였다 하면 자기가 키우는 화분 자랑을 한단다. 기사에 실린 서울의 어느 미용실에서 키우는 화분 수는 크고 작은 것을 합해 150개나 된다. 혼자 운영하는 곳이니 평수는 대략 10평 남짓일 것 같은데 그 안에 150개가 넘는 화분이라니. 신문에 실린 사진을 보니 '이게 미용실이야, 식물원이야?' 하는 말이 절로 나왔다.

부동산 사장님도 사무실 안팎에서 엄청 많은 화분을 키우고 있었는데, 휴가 기간에는 화분을 돌보는 사람까지 따로 구할 정도로 애정이 대단했다. 며칠이라도 사람 손길이 뜸하면 금세 시들해지니 평소처럼 돌보기 위해서다.

그녀는 개인적으로 힘든 시기일 땐 식물 돌보는 일도 내키지 않았는데, 나를 돌보자고 마음먹으니 식물까지 잘 키우게 되었다고 했다. 이제야 알겠다. 내가 자꾸만 뭔가를 키우고 싶어 하는 이유. 결국 나를 돌보고 싶어서구나.

작고 연약한 식물에 물 주고 바람 쐐주고 마른 잎을 닦아주는 일. 지난하고 반복적인 행동들이 결국 생명을 죽이고 살

리는 일이라고 생각하면, 그리고 그걸 하는 게 나라면, 내가

바로 서지 않을 리 없다.

급기야 엊그제는 미니 비닐하우스라는 걸 샀다. 하루 만에

배송된 비닐하우스를 화단에 덮느라 혼자서 두 시간을 낑

낑댔다. 옥상 화단이라 거센 바람에도 날아가지 않게 하는

게 관건이었다. 조금 없어 보이지만 집에 있는 분홍색 노끈

을 비닐하우스와 연결해 테라스 기둥에 묶었다. 흙에 핀을

꽂아 고정하고 그마저도 안심이 안 돼 자투리 부분에 흙을

덮었다. 태풍이 와도 끄떡없을 것 같다.

화단에 쭈그리고 앉아 비닐하우스를 만들면서 내가 왜 이

렇게까지 유난을 떠나 싶어 헛웃음이 났다. 그러나 이걸로

인해 내 일상을 환기할 수 있다면, 이게 결국 나를 돌아보는

일이라면 더 잘해보고만 싶었다.

단지 식물을 키우고 가꾸는 것만이 마음을 다잡는 방법은

아닐 것이다. 복잡하게 어질러진 곳을 정리정돈 하는 것, 먹

을거리를 건강하게 챙기는 것, 짧게라도 매일 걷는 것, 이런 것들이 다 마음을 가꾸는 과정에 속할 것이다.

비닐하우스를 씌운 지 이틀 만에 콩나물 대가리만 한 싹이 하나둘 올라왔다. 아직 이만큼밖에 안 자랐는데도 벌써 두근거린다. 지금 같아선 내가 키운 상추를 뜯어 삼겹살에 쌈 싸먹을 때 눈물이 날 것만 같다. (아까워서 못 뜯어 먹겠다고는 안 하고….)

한편으론 이런 생각도 든다. 내가 지금, 뭐든 잘하는 사람이 되고 싶은 건 아닐까? 책방 운영도 잘하고 글도 잘 쓰고 애도 잘 돌보고 식물도 잘 키우는 그런 사람으로 인정받고 싶은 걸까? 잘하는 게 많은 사람이 되고 싶은 건가? 만능이 되고 싶은 건가?

아무렴 어때, 죽이지 않고 살리면 됐다.

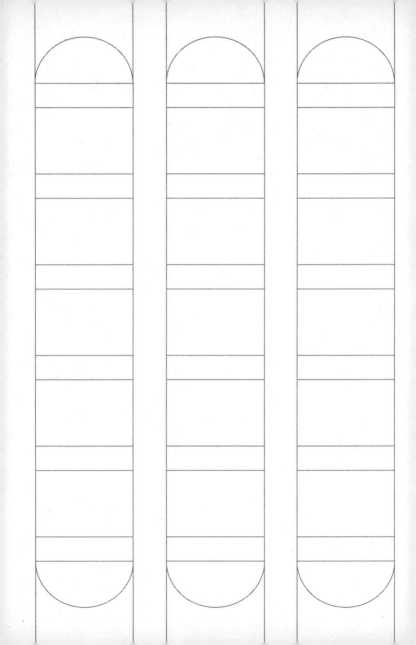

Part 3

책방

어떤 일이든 처음은 있으니까

¶

서점 출근은 매일 해도 좋다. 그중에서도 토요일이 가장 좋다. 두 가지 이유가 있는데, 첫 번째는 평일보다 조금 더 많은 손님들이 찾아오기 때문이다. 작은 책방이 사람들로 북적거리면 제법 책방다운 느낌이 든다. 그럼 책이 많이 팔리지 않아도 왠지 뿌듯함이 있다.

두 번째는 남편이 출근을 하지 않아 아이를 믿고 맡길 수 있어서다. 아이도 토요일이란 걸 아는지 어린이집 안 가는 날인 걸 좋아하며 보채지도 않고 나랑 잘 떨어진다. "엄마 책방 갔다 올게, 아빠랑 잘 놀고 있어~" 하면 아주 씩씩하게 "응! 엄마 잘 갔다 와!" 하고 인사해주니 마음이 한결 편하다.

코로나19로 정상 수업을 하지 않는 요즘 같은 때는 어쩔 수 없이 긴급보육을 보내긴 하지만, 아이가 종일 마스크를 쓰고 있어야 하는 점은 여간 미안한 게 아니다. 그나마 토요일엔 집에서 마스크 안 쓰고 놀아도 되니 조금 덜 미안하달까. 토요일은 평일과 달리 정상 오픈이 오전 11시다. 늦은 아침, 책방으로 스며드는 햇살이 너무 아름답다. 혼자만 누리는 게 아까울 정도로. 책방을 오픈한 직후에 이 시간의 햇살을 처음 만끽하고는, 책방 모임은 꼭 이 시간대에 해야지 하고 혼자 다짐했더랬다. 더 많은 사람들이 따스한 햇살로 가득 찬 책방을 경험했으면 좋겠다.

제법 봄처럼 느껴지던 3월의 어느 아침. 그날도 가벼운 발

걸음으로 집에서부터 서점까지 걸어 내려와 책방 문을 열었다. 간단히 정리정돈과 청소를 하고, 내 자리에 앉아 노트북을 막 열었을 때였다. 알림이 울려 확인해보니 "오늘 책방 문 열었나요?"라는 인스타그램 DM이 왔다. 종종 이런 문의가 오기 때문에 곧장 "네, 지금 운영 중이에요" 하고 답장을 보냈다.

손님들 중에는 동네분들도 계시지만 내 인스타그램을 보고 먼 데서 일부러 찾아오는 손님들도 있다. 아무래도 직장인들이 많다 보니 주말 방문이 많다. 때로는 일부러 휴가까지 내고 평일에 찾아오기도 한다. 직장인에게 평일 연차가 어떤 건지 너무 잘 알기에 감사한 마음이 절로 든다.

답장을 보내놓고 어젯밤까지 읽던 책을 가방에서 꺼냈다. 그렇게 40분 정도 달콤한 독서를 즐기고 있을 때쯤 손님 두 분이 책방 문을 열고 들어섰다.

"어서 오세요."

내 책상 앞에 놓인 파티션 위로 고개를 내밀어 인사했다. 손님은 곧 책장을 둘러보기 시작했고 나는 "그럼 천천히 둘러보세요" 하고 다시 자리에 앉았다. 비슷한 또래로 보이는 두 여성은 책방을 둘러보며 소곤소곤 이야기를 나누더니 (왜 책방에 들어서면 다들 작은 목소리로 말하는 걸까?) 제법 빠른 시간 안에 책을 골라 들고 내 자리로 다가왔다.

"계산해드릴까요?"

"네, 근데 저어…"

책 가격을 살펴보려던 나는 얼른 고개를 들어 '어떤 일로?'라는 눈빛을 보냈다.

가끔씩 주로 주말에, 이런 손님들이 서점을 찾곤 한다. 바로 내가 29CM 카피라이터 출신이라는 걸 아는 손님들이다. SNS로 먼저 서점 영업에 대해 문의한다는 건 나의 근황과 활동을 체크했다는 뜻이기에 그럴 확률이 높다.

아직 몇 달 되진 않았지만 문을 열고 들어서는 타입만 봐도 집작할 수 있다. 일단 겉모습에서 티가 나는데, 동네분들은 주로 산책하다가 혹은 마트에 가다가 들르기 때문에 대부분 편한 복장이다. 하지만 멀리서 찾아오는 손님들은 일단 외출용 가방을 들고 있고, 누가 봐도 동네 마실 나온 차림새는 아니다.

그런 분들은 내가 퇴사 후 책방을 오픈했단 소식을 접하고 밑줄서점을 찾아오는데, 더 구체적인 방문 목적이 따로 있는 경우도 종종 있다. 그건 바로 일적인 조언을 구하기 위해서다.

처음엔 보통의 손님으로 들어왔다가 '실은 이런 고민이 있는데 작가님께 조언을 구하고 싶다'고 갑자기 손을 내밀면 적잖이 당황하기도 했었다. 그러나 이젠 딱 보면 안달까? 저분이 이 책방에서 필요한 것은 책만이 아니란 것을.

"사실 작가님 책을 너무 재미있게 읽었어요."

"어머, 그러셨어요? 감사합니다! 동네분 아니시죠? 멀리서 오신 거예요?"

"동네는 아니지만 그리 멀지도 않아요. 하하. 저 사실 여쭤보고 싶은 게 있어서요."

"네, 일단 앉으세요."

이쯤 되면 나는 마치 점집 주인이 된 것처럼 책방에 들른 손님에게 자리를 권한다. 마실 것이라도 권하면 거기까지는 바라지도 않는다는 듯 손사래를 치는 분들이 대부분이다.

이날 방문한 두 여성은 직장 동료 사이. 직장에서 만났지만 한 동네에 사는 걸 우연히 알게 돼 친해졌고 여기까지 함께 오게 됐다고. 얘길 나누다 보니 그 동네가 내가 예전에 살던 곳과 그리 멀지 않아 말을 이어가기가 더 순조로웠다. 사실 책방지기가 되고부터는 손님들에게 넉살 좋게 이것저것 물을 수 있게 돼서 이 정도 대화는 그리 어색하지 않다.

"저는 지금 OOO 브랜드에서 마케팅과 다양한 기획 업무를 하고 있는데요. 최근 브랜드 SNS까지 맡게 돼서 카피 쓸 일이 많아졌거든요. 작가님 책《문장 수집 생활》이 많은 도움이 돼서 찾아보다가 책방 하신다는 걸 알고 이렇게…"

"아~ 그러셨군요."

그녀는 본격적으로 자신이 맡은 업무에 대해 설명을 시작했다. 회사 SNS를 보여주며 지금은 이렇게 운영되고 있는데 이 담당자처럼 잘할 수 있을지 모르겠다고 했다. 아직 본격적으로 업무를 시작하지 않은 상태에서 여러 책도 읽고 조사도 하는 과정인 것 같았다. 요즘 들어 회사마다 SNS의 비중이 워낙 커지다 보니, 그런 업무가 본인에게 맡겨졌을 때 잘해야 한다는 부담감이 큰 상태인 듯했다.

사실 나에게 뚜렷한 답변이나 해결책을 바라고 온 건 아닐 것이다. 그러려면 내가 진행하는 온라인 강의를 듣는 편이 더 나았겠지. 이런 경우는 직장 선배나 아는 언니에게 "나 이번에 이런 일을 맡게 됐는데 너무 걱정돼. 내가 잘할 수 있을까?" 하고 털어놓는 쪽에 가깝다. 딱히 어떤 답을 구한다기보다는 격려와 응원을 받고 싶은 마음 같은 것.

그녀가 꿀 같은 주말 아침의 늦잠을 뿌리치고 책방까지 찾아온 이유는 그 일을 잘하고 싶은 마음 때문일 것이다. 나는 조언을 해주기보다 그녀의 이야기를 듣는 쪽에 무게를 두었다. 이미 많은 준비를 하고 있었고(책방에 찾아와 날 만난 것도 그중 하나), 일을 시작하면 누구보다 똑 부러지게 잘할 것이란 느낌이 전해졌다.

다만 SNS를 팔로우한 고객들에게 공감을 줄 수 있는 카피를 써보는 게 처음이라 막연한 불안감을 안고 있는 듯했다. 나는 그녀가 책방에서 고른 책 외에 다른 책 한 권을 더 추천했다. 나도 우연히 읽게 됐지만 내가 쓰고 싶은 카피는 바로 이런 거야, 라는 확신을 주었던 이시은 저자의《짜릿하고 따뜻하게》다. 책마다 한두 권씩밖에 들여놓지 않는 작은 책방의 특성상, 막상 팔고 싶어도 없을 때가 있는데 추천 책을 손님이 가져갈 수 있어 다행이었다.

"기존에 보던 상업적인 광고 카피와는 조금 다른, 공감과 감성 코드의 카피를 모아서 저자만의 시선으로 해석한 책인데요. 일단 제가 카피 쓰는 데 도움을 많이 받았기 때문에 자신 있게 추천해드릴 수 있어요. 제가 쓴 책을 관심 있게 읽고 여기까지 찾아오셨다는 건 저와 비슷한 취향과 공감대를 갖고 계시다는 거니까…. 꼭 이 책에 나오는 카피처럼 써야겠단 생각보다는 아, 이렇게 다른 관점으로도 카피를 쓸 수 있구나 하는 차원에서 읽어보시면 좋을 것 같아요. 책을 읽다 보면 어느 순간 그 느낌이 딱 올 때가 있거든요. 그 감을 갖고 카피를 직접 한번 써보세요. 제가 말하는 게 뭔지 알 수 있을 거예요."

그녀는 내가 서가에서 꺼내 건네는 책을 아무에게도 주지 않을 거야, 하는 것처럼 가슴에 꼭 끌어안았다.

가끔 이런 분들을 만나면 나는 맨 처음 카피를 써야 했을 때 어땠나 돌아보게 된다. 그때의 나는 이분처럼 누군가를 찾아가 속내를 털어놓고 의견을 물어볼 용기도 없었다.

그저 할 수 있는 거라곤 서점에 가 빼곡한 서가를 뒤지는 것뿐이었다. 당시만 해도 인터넷 검색이 활발하지 않던 때라 대형 서점에 가서 해당 카테고리를 찾아 계속 책을 들춰보는 게 나로선 할 수 있는 전부였다.

무엇보다 중요한 건 스스로 재미를 찾는 것. 시켜서 하는 게 아니라 내가 흥미를 느껴서 잘하고 싶은 마음이 들어야 한다. 혼자서 맨땅에 헤딩하듯 카피라이팅을 독학하면서도 내가 여기까지 올 수 있었던 비결이라면 그 때문이 아니었을까?

카피라이팅이든 마케팅이든 모두 무언가를 어필하는 데 목적이 있다. 물건을 권하고 서비스를 제안하는 것이기에 타깃을 잘 이해하고 그들에게 공감하는 것에서 출발해야 한다.

책을 읽고 공부하는 것도 빼놓을 수 없는 노력이지만, 내가 갈 길을 앞서 간 선배의 이야기를 직접 듣는 것만큼 확실한 방법도 없을 것이다. 이렇게 나를 직접 찾아온 당찬 배포가 부럽고 대견했다. 막막할 때 찾아와 이야기 나눌 수 있는 사람이 나여서 그것도 감사한 일이다.

흔한 책 선물을 특별하게 하는 법

¶

서점 오픈을 앞두고 네이버에 상점 등록을 할 때였다. 밑줄 서점에 대한 기본적인 정보와 사진 등을 입력하는 과정까지는 비용이 일절 들지 않았지만, 그 후 파워링크 등 광고 할인을 해주겠다는 연락을 수차례 받았다. 나는 필요성을 전혀 느끼지 못했기에 모두 거절하고 전화를 끊었다.

그래도 포털 사이트에 등록을 해놓으니 SNS를 잘 활용하지 않는 손님들이 그쪽으로 연락해왔다. 모르는 번호로 전화가 와서 받아보면 "네이버에서 연결해드립니다"라는 음성 메시지가 나오고 잠시 후면 전화를 건 손님이 "여보세요?" 하고 연결이 됐다. 대부분 오늘 책방 운영을 하느냐는 질문이지만, 간혹 밑줄서점의 영업 방식을 신기해하며 응원차 전화하는 분들도 있다.

한번은 독립출판을 하는 사람이라고 자신을 소개하며 나중에 책방을 운영하고 싶은데 노하우를 좀 알려줄 수 있느냐고 물어본 분이 있었다. 나도 이제 막 서점을 시작한 터라 노하우랄 건 아직 없어서, 다른 책방과 조금 다른 방식으로 운영하는 밑줄서점의 일일권을 소개해드렸다.

또 얼마 전에는 연세 지긋한 남성분이 자신은 부산에 살고 있는 번역가인데 책방 컨셉이 참 재미있다며 전화를 주셨다. 책 대여점이 많이 없어지는 추세인데 책방에서 이용권을 구입하고 읽고 갈 수 있다니 정말 좋은 컨셉이라며 칭찬과 응원을 전하면서.

그로부터 얼마 뒤 갑작스러운 목과 어깨 통증으로 서둘러 아이를 어린이집에 보내고, 세수도 못한 채 급하게 병원에 간 날이었다. 물리치료를 막 마치고 전화를 받았더니 오늘 책방에 가려고 하는데 문을 열었느냐고 물었다.

통증이 너무 심해 그날만큼은 책방 운영을 포기하고 집으로 곧장 들어가 눕고 싶은 상태였다. 그렇지만 일부러 멀리서 찾아오는 손님 같아, 지금 가고 있으니 4시쯤 오시면 될 거라고 전했다. 다행히 손님도 4시가 좀 넘어야 도착할 것 같다고 해서 서둘러 책방으로 향했다.

목 근육이 경직돼 고통이 이만저만이 아니었다. 손님이 얼른 왔으면 좋겠다, 하며 기다리고 있는데 얼마 후 30대로 보이는 여자 손님이 책방 문을 열고 들어섰다.

"혹시 전화하신 분이세요?"

"네~"

"근처에서 오셨어요?"

"아뇨. 근처는 아니지만 안양에 살아요. 오늘 퇴근이 좀 빨라서 들렀어요."

"아, 그러시군요. 천천히 둘러보세요."

손님은 작은 책방을 요리조리 돌아다니며 책을 고르다가 나에게 다가와 물었다.

"혹시 책을 선물하고 싶은데 추천해주실 수 있나요?"

"아, 물론이죠. 어떤 종류로 골라드릴까요?"

"에세이면 괜찮을 것 같은데요. 실은 그분이 작가님 팬이라 일부러 여기로 왔어요. 작가님 책방에서 사다 주면 더 좋아할 것 같아서요."

그제야 전화까지 해서 찾아온 이유를 명확히 알게 된 나는 최근에 가장 재밌게 읽었던 김신지 작가의 《평일도 인생이니까》를 추천했다.

"제가 쓴 책은 아니지만 선물하려고 여기까지 찾아오셨으니 제가 축하 메시지라도 써드리면 좋아하실까요?"

손님은 반색하며 "네! 좋아요"라고 했다. 직장 동료의 생일 선물로 단순히 책 한 권을 선물하는 게 아니라 그가 좋아하는 작가를 기억하고, 그 작가가 운영하는 책방에 들러 책을 사고 메시지까지 받아가는 정성이라니.

"이분은 손님 같은 동료를 두셔서 정말 행복하시겠어요."

나는 책과 함께 밑줄서점의 기념 연필 두 자루를 챙겨 봉투에 담아 드렸다.

"연필 하나는 손님 가지세요."

목 통증으로 끙끙대며 단 한 명의 손님을 기다린 날. 책을 받아들고 기분 좋게 돌아서는 손님의 뒷모습을 바라보니 밑줄서점의 존재 이유가 또렷하게 느껴졌다. 그것만으로도 의미 있는 하루였다.

업무 미팅하기 좋은 곳

¶

29CM에 다니는 동안 몇 권의 책을 내면서 여러 편집자들과 미팅을 했다. 내가 책을 내는 게 회사에서도 비밀이 아니었고, 개인 역량 강화에 도움이 된다는 분위기였기 때문에 많은 배려를 받았다.

회사가 합정동에 있을 때는 근처에 워낙 예쁘고 아기자기한 카페가 많아서 편집자들도 합정동 오길 반겼다. 몇몇 출판사는 아예 합정역 근처에 있기도 하고, 파주 출판단지에

서 오는 경우는 합정역이 서울로 나오는 길목이라 회사 근

처로 와주십사 하기에 별 부담이 없었다.

그러다 회사가 강남 선릉역 근처로 이사를 하면서 분위기

가 급변했다. 테헤란로 주변에 감도는 사무적이고 딱딱한,

색으로 치면 푸른빛이 도는 회색 도시는 합정동에서 말랑

말랑해진 마음까지 딱딱하게 만들었다.

또 다른 책 출간을 위해 선릉역에서 편집자와 미팅을 해야

했는데, 회사와 가장 가까운 스타벅스에서 첫 만남을 가졌

다. 선릉역까지 오는 데 얼마나 걸렸냐는 내 질문에 담당 편

집자는 2시간 30분쯤 걸린 것 같다고 했다. 웃으며 오랜만

에 기차 여행을 했다고 말했지만 회사까지 오게 한 것이 너

무 미안해 안절부절못했던 게 떠오른다. 미팅을 끝내고 헤

어지면서 거리가 너무 머니 다음에는 되도록 온라인으로,

이메일이나 문자로 주고받자고 다짐하기도 했다.

책 출간 후 카피라이팅 강의까지 하게 되면서 강의 제안 문

의가 종종 있었는데, 신기하게도 선릉역 근처에 있는 회사가 많았다. 우리 회사에서 10분 거리에 있는 곳들이 많아 내 쪽으로 오시라고 하기에도 덜 미안했다. 아무래도 워킹맘인 나는 정시 퇴근을 하면 잽싸게 아이를 픽업하러 가야 하기에 근무 끝나고 따로 미팅을 가질 수 없는 여건을 이해해준 것이다.

책방을 오픈한 후 밑줄서점은 또 다른 미팅처가 되었다. 이메일로 몇 번 이야기가 오가다가 미팅이 필요한 시점이 되면 으레 어디가 편하냐고 묻는데, 나는 살짝 주저주저 하면서 이렇게 대답한다.

"외진 곳에 있긴 하지만 제가 작은 책방을 운영 중인데 이쪽으로 와주실 수 있을까요?"

감사하게도 내 SNS를 팔로우하고 있는 편집자들이 많아 우리 서점을 이미 알고 있고, 내가 이렇게 말하면 안 그래도 한번 가보고 싶었다며 반색한다. 편집자들이야 하루 종일 책에 둘러싸여 일하는 사람이니 책이 그립거나 궁금하진 않을 테지만, 작은 책방이 주는 아늑함은 대부분 좋아하는지 선뜻 책방으로 찾아오겠다고 해준다. 서점을 운영하는 입장에서 우리 서점을 궁금해 하고 한 번쯤 방문하고 싶었다고 말해주니 고맙지 않을 수 없다.

밑줄서점 오픈 이후 몇몇 출판사 편집자와 온라인 강의 담당자, 카피라이팅 관련 실무자들을 책방에서 만났다. 다행인지 불행인지 손님이 너무 많아 대화를 할 수 없을 정도로 붐비는 서점이 아니어서 미팅하기에 더할 나위 없이 좋은 환경이긴 하다.

마주 앉아 1시간 정도 일에 대한 이야기를 하고 나면, 그들은 하나같이 의자에서 선뜻 엉덩이를 떼지 못하고 책방의 커다란 통창을 내다보며 아주 잠시 멍하게 바깥 풍경을 응시한다. 그럴 땐 나도 함께 밖을 바라보거나 눈치 채지 못할 정도로 살짝 자리를 비켜준다. 음, 그러니까 감상할 시간을 준달까.

"아, 여기 정말 좋네요. 미팅을 이런 곳에서 하니 또 색다른 기분이에요."

일에 대한 이야기가 마무리되면 나는 2차로 책방에 대한 자랑을 늘어놓는다. 주변에 산이 있어 공기가 좋다, 구석진 곳이어도 있을 건 다 있는 동네라 불편함이 없다는 둥 동네 자랑을 곁들인다.

아늑하고 차분한 분위기 덕분인지 개인적인 이야기도 자연스레 오간다. 가끔은 직장 선배 대하듯 나에게 회사에서 어려운 점을 털어놓거나 조언을 구하기도 한다. 그럴 때면 나도 정말 서슴없이 후배나 동료를 대하듯 사담을 이어간다. 이런 분위기가 싫지 않아서 가급적 밑줄서점에서 미팅을 하자고 권한다.

반대로, 나에게 카피 작업을 의뢰한 브랜드의 공간에서 풍기는 느낌이나 직원들 간의 호흡을 직접 확인하기 위해 책방 문을 닫고 해당 업체로 찾아가 미팅을 하기도 한다. 일을 시작하기 전에 이런 것을 미리 파악하는 건 작업에 참 많은 도움이 되기 때문이다.

이 글을 다듬고 있는 지금은 6월 중순. 내일부터 장마가 시작이라는데 여름을 좋아해 장마철도 반기는 나는, 종일 비 내리는 날 책방에 앉아 있으면 어떤 느낌일지도 사뭇 궁금하다. 잠시 후 3시에도 출판사 담당자와 책방에서 미팅을 하기로 했다. 날이 제법 더우니 시원한 아이스 아메리카노를 대접해야겠다.

카피라이팅 상담소

¶

브런치나 인스타그램에는 퇴사 후 책방을 열었다는 소식을 전했는데, 페이스북만 빼놓은 게 문득 떠올랐다. 많진 않아도 400명 이상의 페이스북 친구들이 있고, 그들 대부분은 29CM의 카피라이터인 이유미를 궁금해 한 사람들이기에 퇴사 후 제2의 인생을 시작한 나의 책방 오픈 소식 또한 전하는 게 맞았다.

브런치에 올렸던 글을 부랴부랴 링크해 업데이트를 했다.

얼마 후 페이스북 메시지로 랜선 지인(친구라고 하기에도 거리감이 있다)이 말을 걸었다. 그는 이름만 대면 다 아는 국내 이커머스 계열 대기업에서 브랜딩 업무를 맡고 있었는데, 팀을 구축하기 위해 나에게 추천해줄 만한 동료가 있는지를 물었다. 29CM에서 나는 거의 혼자 작업하고 혼자 미팅하기 바빠 내외로 인맥이 그리 돈독하지 못했던 터라 도움을 주기가 어려웠다. 안타까운 마음을 메시지로 전했다.

며칠 뒤 그가 다시 페이스북으로 메시지를 보냈고, 책방 오픈을 축하한다며 한번 찾아오겠다고 했다. 인사치레로 책방에 한번 오겠다는 말을 자주 듣기 때문에 그런 줄로만 알았다. 언제든 대환영(이건 정말 진심이다)이라고 회신했더니, 곧이어 구체적인 날짜까지 잡으며 그때 일정이 괜찮으냐고 물었다.

약속한 당일. 1시간 후면 도착할 것 같다고 말한 그는 잠시 머뭇하더니 사실 혼자 가는 게 아니라 팀원과 함께라고 말했다. 팀원? 책방에 여럿이 오는 걸 사양할 이유가 없기에 얼마든지 좋다고 했다.

잠시 후 그분이 책방에 도착했다. 곧이어 두 명이 더 들어왔는데, 둘 중 한 분은 팀장이라고 했다. 책방 가운데 손님용 큰 테이블에 모두 둘러앉았다. 이 작은 책방에 그냥 책을 사러 온 것 같지는 않은 분위기였다. 뭔가 다른 용건으로 왔음을 직감했다. 그들이 조심스레 입을 열었다.

"사실 저희가 앞으로 새로운 프로젝트를 준비 중인데, 텍스트에 대한 고민이 많습니다. 지금 함께 온 이분이 담당자인데 어려움이 있어서 이렇게 작가님을 찾아왔어요."

회사 소속일 때와는 다르게 지금의 나는 작은 책방을 운영하면서 프리랜서로 일을 받아 하는 입장이다. 외부 강연 같은 특별한 일정이 없으면 책방을 항상 열고 그곳에 늘 있다는 걸 아는 업계 사람들이 이런 식으로 나를 찾아오는 일이 종종 생겼다.

나도 아직까지는 백퍼센트 책방지기 모드가 아닌 직장인, 카피라이터, 작가에 가깝다 보니 그들과의 대화에 시간 가는 줄 모른다. 가끔은 일대일 과외처럼 실무적인 노하우를 알려줄 때도 있다. 내가 잘 아는 걸 이야기하다 보니 때로는 내가 신나서 한참을 떠들 때도 있다. 그야말로 밑줄서점은 카피 및 브랜드 텍스트 컨설팅 사무실이 되는 거다.

나에게 업무에 관한 고민을 털어놓은 이커머스 담당자 세 명은 무려 2시간 가까이 나와 회의(?)를 하고 돌아갔다. 나로서는 미팅인 줄도 모르고 급작스럽게 만난 자리라 조금 당황스럽기도 했지만, 이렇게까지 나를 믿고 찾아와 조언을 구한다는 게 정말 뿌듯하고 감사했다. 회사는 떠났지만 여전히 일적인 도움을 줄 수 있어 다행이라는 생각도 들었다.

그런 분들이 실무에 도움될 만한 책을 추천해달라고 하면 책방에서 얼른 책을 찾아 드릴 수 있으니 그런 점도 밑줄서점의 장점이겠다. 내가 실제로 업무에 많은 도움을 받았던 책, 내가 좋아하는 책들 위주로 입고해놓기 때문이다.

그럴 때는 책방 주인 신분으로 돌아가 열과 성의를 다해 한 권이라도 더 팔려고 한다. 가끔 이렇게 불쑥 찾아오는 상담자들에게 권할 수 있는 책의 리스트를 마련해놔야겠다. 그럼 좀 더 체계적인 답을 드릴 수 있겠지.

두 번째《문장 수집 생활》

¶

서점은 책방 주인이 콘텐츠라는 말이 있다. 즉 책방을 누가 운영하는지도 중요하고, 독자 입장에서 그와 내가 어떤 연결고리가 있느냐도 방문의 이유가 되는 것이다. 작은 책방에 책 구입만을 목적으로 가기보다는 다른 이유가 있는 경우가 많다. 일적으로 조언을 얻고 싶은 분들 말고도, 때로는 팬심에서 책방을 찾는 분들도 있다.

코로나19가 장기화되면서 책방을 열지 못하는 날들이 이어지고 있었다. 책방 운영을 당분간 포기하고 어린이집에 못 가는 아이와 집에서 많은 시간을 보냈다.

그러던 어느 날 인스타그램 DM으로 "오늘 책방 여나요?" 하고 메시지가 왔다. 손님이 괜히 헛걸음하실까 봐 책방 운영을 못하는 사정을 전했다. 잠시 후 그녀는 나에게 뭔가 전해줄 게 있다며 잠깐만 나와 주실 수 없냐고 했다. 책방을 열지 못하는 것도 죄송한데 나한테 뭘 준다고? 그게 뭔지도 모르지만 일단 괜찮다며 극구 사양했다. 주춤주춤하면서도 꽤 단호하게 잠깐만 시간을 내달라는 말에 약속을 잡았다. 아이를 잠시 친정언니에게 맡겨두고 책방을 열었다. 마스크를 쓴 긴 머리의 여학생이 서점 문을 열고 들어섰다.

"혹시 약속한 분이세요…?"

그녀는 고개를 끄덕였다.

"와~ 인스타그램에서만 보던 서점엘 진짜로 왔네요."

그녀는 광고를 전공한 학생이라고 자신을 소개했다. 아차

차, 그러고 보니 얼핏 기억이 난다. 몇 달 전 광고학과 동아리인데 강연을 해줄 수 있냐는 이메일을 받은 적이 있다. 구체적인 내용을 묻는 답장을 보냈고 그 뒤로 회신이 없어 흐지부지 잊고 있었다.

나는 인스타그램에서《문장 수집 생활》해시태그를 팔로우하고 있는데, 대학생 광고연합 동아리의 학생들이 그 해시태그로 종종 과제물 올리는 걸 인상 깊게 보곤 했다. 꽤 오랫동안 지속적으로 꾸준히 올리고 있었다.

알고 보니 오늘 온 손님이 그 카피부(61대 애드파워) 대표라고 했다. 수줍은 소개를 마친 학생은 검은색 백팩에서 뭔가를 꺼내 나에게 건넸다. 표지에《문장 수집 생활》이라 적힌 소책자였다. 어엿한 책의 모양을 하고 있는 독립출판물이었다.

내 책《문장 수집 생활》을 읽고 영감을 받아 1년 동안 꾸준히 써온 결과물을 모아서 동아리 회원들끼리 나눠가지려고 제작했는데, 나에게 꼭 전해주고 싶어 이렇게 찾아왔다는 것이다. 만들고 보니 책을 낸다는 게 여간 힘든 작업이 아니었다며 후일담을 전했지만 그저 기특해 보이기만 했다. 좋아하는 걸 잘해내기까지 한 결과물이었다.

잠시 후 그녀가 가방에서 꺼낸 수첩에는 내게 하고 싶은 질문들이 빼곡히 적혀 있었다. 예정에 없던 미니 인터뷰를 마치고 책방을 나서는 그녀를 배웅했다. 여운이 남은 채로 학생이 전해주고 간 책을 펼쳐 보았다.

책의 앞부분에 사진 하나가 눈길을 끌었다. 회전목마 앞에서 'V' 자를 그리며 미소 짓는 그녀의 모습이 담긴 사진 아래 이런 문구가 적혀 있었다.

'광고업은 놀이기구 타는 것과 같아. 그렇다면 내 꿈은 놀이공원에서 일하는 AE야.'

통통 튀는 발랄함에 절로 입꼬리가 올라갔다. 소설 속 문장을 활용해 카피 쓰는 법을 담은 나의 책《문장 수집 생활》의 방식을 차용해, 카피부 회원들이 아이디어를 얻은 소스(문장)와 그걸로 만들어낸 결과물(카피)을 반씩 구성한 책이었다.

페이지를 하나둘 넘겨보는데 아이고 잘한다 잘해, 하는 감탄사가 저절로 나왔다. 당장 어디에 쓸 목적이 아니더라도 평소에 이렇게 꾸준히 훈련해간다면 못할 게 없지. 다시 한번 대견하고 예뻤다.

뒷면의 부록은 '카피부의 씨앗 창고'라고 이름 붙여 놨는데, 자신들이 영감받은 책이며 영화, 드라마, 웹툰, 대화 등의 출처가 빼곡히 적혀 있었다. 내가 책에서 전하고자 하는 방법을 제대로 이해하고 활용하고 있었다. 언젠가는 나보다 더 멋진 카피를 써낼 그들의 미래를 상상하는 것만으로도 잠시 행복했다.

그리고 책 뒷면에는 이런 메시지가 있었다.

'관성적인 나의 세상에서 벗어나 그 밖을 빼꼼 살펴보고 싶

었던 광고 꿈나무들의 19년 여름에서 겨울까지의 기록'

내 책이 누군가 앞으로 나아갈 수 있는 도움닫기가 되었다는 데 묘한 성취감이 들었다. 나아가 더 노력해야겠구나, 이만큼 왔다고 자신만만할 게 아니라 계속 새롭게 뭔가 만들어내길 게을리하면 안 되겠단 생각이 스쳤다. 내 뒤를 믿고 따라오는 후배들이 이렇게 열심인데 내가 안이하게 있으면 안 되겠다는 새로운 자극이었다.

그들에게 도움될 만한 것들을 꾸준히 만들어내자. 언젠가 이 학생들을 책방에 불러놓고 그때 하지 못한 작은 강연을 열어보고도 싶다. 분명 내가 배우는 게 훨씬 많은 시간이 될 것이다.

마음 충전 하고 가세요

¶

겨울에는 해가 일찍 떨어져 저녁 6시만 돼도 사위가 캄캄하다. 주섬주섬 책방 마무리를 하려는데 손님 한 분이 문을 열었다. 들어오자마자 진열된 책들을 분주히 살피기에 "천천히 둘러보세요" 하고 내 자리에 앉아 책을 펼쳤다.

서점에 들어올 때 제법 까칠한 기운이 느껴지는 손님이 가끔 있다. 반갑게 맞이한 내가 더러 민망할 정도로 눈길 한번 주지 않고, 책방 운영 방식을 설명해도 귀담아 듣지 않아 살짝 서운할 때도 있다. 그녀도 왠지 찬바람이 쌩쌩 불었다.

잠시 후 책 한 권을 고른 그녀가 다가와 "이거 살게요" 하고

책을 내밀었다. 나는 책 담을 봉투를 꺼내며 계산할 준비를

했다.

"근데 저… 작가님 강연 들었어요."

나를 알고 일부러 찾아온 손님이었다. 테이블 의자를 빼며

우선 앉으시라고 했다. 그녀는 퇴근하고 오느라 늦었다며,

오래 전 한남동에서 한 강연을 인상 깊게 들었다고 했다.

카피라이팅과는 무관한 일을 하지만 그때 매우 흥미가 생

겼다며, 전공도 아닌데 어떻게 카피라이터가 되었는지 본

격적으로 묻기 시작했다. 한번 물꼬를 트면 대답하는 나도

줄줄줄 이야기가 나오기에 30분 이상 대화를 나눴다.

이야기가 끝나고 그녀는 책 한 권을 추천해달라고 했다. 아

까 고른 책과 함께 두 권을 결제하려는데 카드 잔액이 부족

했다. 어쩔 수 없이 한 권만 사야 할 것 같다는 그녀가 귀엽

기도 하고, 좋아하는 책을 지금 당장 읽고 싶은 심정을 너무 잘 아는 나는 일단 두 권 다 가져가시고 나중에 송금해달라고 했다. 그래도 되냐며 미안해 하던 그녀는 들고 온 봉투 하나를 내밀었다.

"맛있는 빵인데 작가님 드리려고 사왔어요."

제과점 봉투 안에는 얼굴만 한 베이글이 들어 있었다.

돌이켜 생각해보니 책방에 들어서던 그 모습은 차가운 게 아니라 잔뜩 긴장한 거였다. 숫기 없는 사람으로서 충분히 이해가 된다. 그녀는 가뿐한 뒷모습으로 "다음에 또 올게요" 하고 문을 나섰다. 안 받아도 괜찮다고 생각한 책값은 그녀가 돌아가고 10분쯤 지났을까, 휴대폰 문자 알림음과 함께 입금되었다.

내가 워킹맘이라 그런지 자녀를 키우는 엄마들의 방문도 잦은 편이다. (나를 좋아해주는 분들 중에 워킹맘이 많은 것도 그 때문인 듯하다.) 책방에 아이와 함께 올 때도 있고,

아이가 어린이집이나 학교 간 사이에 얼른 왔다는 분들도 있다.

아무래도 20대 젊은 친구들과 달리 육아에 대한 공통 관심사가 있으니 첫 만남에도 깊은 이야기가 자주 오간다. 특히 이분들은 하나같이 집과 책방이 가까운 내가 부럽다는 반응이다.

"아이가 집에서 어린이집까지 걸어서 3분이면 가구요. 어린이집에서 책방까지도 3분밖에 안 걸려요. 어린이집 끝나면 저기 앞에 상가 미술학원에 가고, 다른 날은 우리 책방 건물 2층에 있는 태권도 학원에 다녀요."

나도 모르게 시시콜콜 일상에 대해 이야기하면 엄마들은 부러운 시선으로 좋겠다, 다행이다, 하며 맞장구쳐준다. 왜 아니겠는가. 요즘 나는 아주 좋은 조건에서 일과 살림, 육아를 병행하고 있다.

나도 책방을 열기 전까지는 강남으로 출퇴근하는 직장맘이었다. 아침 6시에 출근하러 집을 나서고 혹여 어린이집에서 아이가 놀다가 다쳤다, 감기가 심해진 것 같다는 연락을 받아도 1시간 30분 이상을 달려가야 아이와 만날 수 있었다.

지금은 특별한 외부 일정이 없는 한, 어린이집에서 연락이 와도 5분이면 갈 수 있는 거리에 있다. 아이도 근처 책방에서 엄마가 늘 기다리고 있다는 안정감이 분명 있을 것이다. 어쩌다 보니 워킹맘들에게 부러운 대상이 되었지만 그들의 마음을 너무 잘 알기에 우린 서로 할 말이 아주 많다. 애초에 아이 키우는 엄마들이 많이 이용했으면 하는 바람으로 만든 곳이기도 했다.

"밑줄서점이 우리 동네에 있으면 좋겠어요"라는 어느 손님의 말은 너무 큰 힘이 됐다. 그분들에게 좀 더 도움되는 공간, 의미 있는 공간이 될 수 있기를. 나뿐만 아니라 여러 사람들이 이곳에서 마음 충전을 하고 갈 수 있다면 더 바랄 게 없겠다.

에필로그

좋아하는 공간을 오래도록 지켜내기 위해

¶

지난 주, 신경정신과에 다녀왔다. 자잘하게 자주 아픈 편이라 약을 달고 살고 걸핏하면 병원에 가지만 신경정신과 방문은 처음이었다. 내과나 외과보다 환자가 많고 어르신들이 꽤 많다는 점이 놀라웠다. 내 주변에 신경정신과가 이렇게 많은 줄도 몰랐다.

얼마 전부터 가슴 두근거림이 심해졌다. 운동을 심하게 했다거나 깜짝 놀랄 일이 있었던 것도 아닌데 아무 이유 없이 가슴이 두근거리더니 갑자기 멈춰버리는 식이었다. 한두 번 그러다 말겠지 했다. 그런데 일주일 이상 계속되니 일상에 지장을 줬다. 그야말로 아무것도 할 수 없는 상태. 불안 감이 날 꼼짝하지 못하게 꽉 잡아두는 느낌이었다.

의사에게 증상을 말했다. "이유 없이 가슴이 두근거려요." 차분히 내 이야길 듣던 의사가 "이유가 없다고 하셨는데, 요즘 뭐 힘든 건 없으세요?"라고 물었다.

말문이 막혔다. 며칠 전 책방에 앉아 있던 내 모습이 스치듯 지나갔다. 내가 가장 좋아하는 책방 내 자리, 서가와 파티션으로 분리된 작은 책상이 있는 그곳에 앉아 있는데 순간 숨이 턱 막혔다. 두통이 시작되더니 아무것도 하기 싫은 기분에 휩싸였다. 가장 좋아하는 곳에 있는데 갑자기 왜 이러지? 그때부터였다. 가슴이 두근거리기 시작했다.

"사실 최근에 아무것도 하기 싫고 무기력해요. 글을 써야 하는데 아무것도 못 쓰겠어요."

말하는 동안 나도 모르게 눈물이 줄줄 흘렀다. 티슈 한 장을 뽑아 눈가를 훔쳤다. 의사는 몇 가지 더 검사해보고 다음 진료 때 결과를 알려주겠노라고 했다. 600개가 넘는 질문지에 내 상태를 체크하는 검사를 마치고 책방으로 돌아왔다. 집에 가서 좀 눕고 싶었지만 책방 오픈은 약속이니까 나가야 했다. 다시 책방의 내 자리에 앉아 노트북을 열었다. 글을 쓸 엄두가 나지 않았다.

나만의 공간을 가져서 너무 좋겠다는 사람들의 말을 들을 때마다 내가 꺼내지 못한 말이 있다. 좋아하는 이 공간을 계속 유지하기 위해 내가 해야 하는 일들이다.

손님들도 가끔 의아해 하며 묻는다. 이렇게 구석진 동네에서 책 팔아 월세를 감당할 수 있느냐고. 당연히 그 수입으로는 월세를 못 낸다. 나는 이 공간을 지키기 위해 다른 일들을 하고 있다. 프리랜서로 카피라이팅 일을 하고 오프라인 강연, 온라인 강의도 계속하고 있다.

출간 제안이 오면 가급적 (할 수 있는 선에서) 수락하고 계약서에 사인을 했다. 생계를 위한 일이기도 하지만 밑줄서점을 유지하고 싶은 욕심이 더 크기에 힘들어도 일을 계속받았다.

의사가 물었던 것처럼 '이유 없이'가 아니란 걸 누구보다 내가 더 잘 안다. 지금 내 상황이 나로선 부담이고 버거웠던 것이다. 한다고는 했는데, 해야 하는데, 못할 것 같아서 두려웠다. 그러다가 약물에 의지할 수밖에 없는 처지까지 된 것이다.

내가 이 이야기를 하는 이유는, 좋아하는 걸 지켜내기 위해서는 감내해야 하는 것들이 생기기 마련이라는 걸 말하고 싶어서다. 겉보기에 저 사람은 저런 공간이 있어 얼마나 행복할까? 하고 생각할 테지만 그게 전부는 아니라는 걸 얘기하고 싶어서다.

나도 내가 마냥 행복할 거라 믿었다. 근데 그게 아니란 게 몸으로 증명된 것이다. 퇴사가 마치 트렌드인 것처럼 너도 나도 회사를 박차고 나올 때 나도 회사를 관뒀다. 퇴사를 후회한 적은 없지만 회사를 나와도 책임질 것은 생기고, 퇴사의 대가로 얻은 행복을 지켜내기 위해서는 또 다른 발버둥이 요구된다는 걸 알았다.

퇴사를 마음먹고 책방을 계획할 때 '그래, 통장에 있는 돈으로 1년 월세는 낼 수 있으니 수입이 없더라도 괜찮아, 일단 해보자!'라고 단순히 생각했다. 막상 책방을 갖고 보니 1년이 아니라 몇 년은 더 하고 싶은 소망이 생겼다. 그러자면 좋아하는 공간에서 하고 싶은 것만 하며 지낼 순 없었다. 내키지 않는 일도 눈 질끈 감고 해야 했다. 이게 다, 나만의 공간을 잃고 싶지 않아서다.

사람은 자기 경험만큼 배운다. 내가 겪어보니 꼭 해주고 싶은 말이 있다. 불안하거나 두근거리는 증상이 갑자기 생긴다면 버티지 말고 병원에 꼭 가보라는 것. 환자가 그렇게 많다는 건 신경정신과에 대한 사람들의 인식이 많이 달라졌음을 의미한다. 약의 도움을 받으니 나도 한결 좋아졌다.

동전에도 양면이 있듯 행복하기만 한 사람은 없다는 것도 배웠다. 아늑하고 조용한 공간을 가져서 좋은 만큼 그만한 고충도 있다는 걸 알았다. 오랫동안 회사 생활을 하면서 되뇌던 말이 있다. "하고 싶은 것만 하고 어떻게 살아?"

하고 싶은 것만 하고 살려고 책방을 열었다. 그러나 회사 밖에서도 하고 싶은 것만 하고 살진 못한다는 걸 이제는 안다. 하고 싶은 걸 지키기 위해 그 이상의 노력이 필요하다는 것도. 나도 그렇게 밑줄서점을 오래도록 지켜내고 싶다.

넥스트에세이 미리보기

05 손기은 〔식욕〕

먹으러 다니는 게
직업이라서

먹고 마시는 에디터라는 직업

¶

어디 가서 자기소개를 할 때면 항상 광고카피처럼 따라붙는 문구가
있다.

"잡지사에서, 먹고 마시고 놀러 다니는 걸 기사로 써요."

그러면 대다수가 부럽다, 좋겠다, 팔자 좋다, 꿈의 직장이다, 나도 이직
하고 싶다는 식의 한결같은 반응을 보인다. 그러면 나는 크게 부인하
지 않고 "재밌습니다"라고 답한다.

진짜로 늘 재밌었다. 뿌듯한 결과를 만들기 위해 따라붙는 애끓음, 스
트레스, 초조함은 당연히 다른 직업군과 비슷하거나 혹은 그보다 좀
더 컸겠지만, 일단 그 달 잡지가 나오고 나면 어쩐지 재밌다는 기분만
남았다. 밤을 새고 일을 엎고 머리를 쥐어뜯을지언정 어떻게 하면 더
재밌는 기사를 만들지에 대한 고민이었기 때문에 이삼 일만 지나면
'나름 재밌는 일이었네' 하고 만다.

다루는 일의 범주가 주로 다른 사람들의 일상과 맞닿아 있다 보니 어
떨 땐 지금 내가 하고 있는 게 일인지 아닌지 헷갈릴 때도 많았다. 워크
앤 라이프 밸런스가, 어떻게 보면 정확하게 맞았다. 구별 없이 아예 한
데 뭉뚱그려졌으니까.

핫하다는 음식점을 찾아가 맛있게 먹고 그 가게를 추천하는 기사를 쓰는 경우도 많았다. 이렇게 열심히 놀고먹은 달에는 추천거리도 풍성해져 일도 잘됐다. 그래선지 연애에 정신이 팔려 있을 때 기획안이 더 풍성했다. 뭘 열심히 먹고 다녀서 평소보다 살이 오른 달엔 어쩐지 결과물도 두둑했던 것 같다. (물론 프리랜서가 된 지금, 공과 사의 구분은 '내 돈을 쓰느냐, 회삿돈을 쓰느냐'라는 것임을 명확하게 깨달았다.) 자발적인 회사의 노예가 되어 물불 안 가리고 열심히 일한 덕에, 그래도 내 전문 분야 하나쯤은 확실하게 만들 수 있었다. 그 대가로 통장은 확실하고 시원하게 비웠지만.

잡지사에서 음식을 주제로 새로운 방식의 콘텐츠를 만들 때 내가 주로 썼던 방법은 '스케일을 늘려보는 것'이었다. 식재료를 잔뜩 공수해 이를 근사한 화보로 만드는 일을 자주 했다. 채소만 40만 원어치를 사서 신비한 정원처럼 꾸미고, 일식집 도매상들에게 간곡한 전화를 돌려 실한 고추냉이 뿌리를 구해 나무처럼 연출하기도 했다. 그 주에는 남은 채소를 닥치는 대로 넣어 만든 샐러드로 삼시 세끼를 났다. 냉장고 문을 열면 온통 채소로 꽉 찬 어두운 동굴 같았다. 온갖 종류의 버섯을 구해 소인국의 한 장면처럼 음식 화보를 연출한 적도 있다. 남는 재료로는 버섯전골 대잔치를 벌였다.

전국 팔도에서 갑각류를 택배로 주문해 백과사전 형식으로 기사를 만들 땐 촬영 스튜디오 곳곳에서 펄떡이는 새우들이 목격됐다. 울진에서 온 꽃새우, 가덕도에서 온 보리새우, 동해에서 온 적새우 들이 조명 아래 나란히 누웠다. 촬영이 끝난 후 초대형 곰솥에다 게와 새우를 모두 쪄서 먹었는데, 스태프들은 질린다며 고개를 내저었지만 갑각류에 환장하는 나는 편의점에서 사온 초고추장으로 질린 맛을 달래며 끝까지 까고 또 깠다.

스케일을 늘리기 힘들다면 평소 보지 못했던 방식으로 접근하는 방법도 있다. 광어, 우럭, 도미, 농어의 맛과 특징을 설명해주는 기사를 진행하면서, 이 한 점의 횟감을 사람 얼굴보다도 더 크게 확대해 잡지에 실어볼까 생각한 것도 같은 맥락이었다. 회 한 점을 가까이 들여다보니 한 점의 살에 결마다 영롱함이 비치고 보석처럼 다채롭게 빛났다. 당시 스튜디오에선 좀 의아해 했던 이 촬영을 기꺼이 도와준 어느 스시집의 막내 셰프는 지금, 손님들을 줄 세우는 청담동의 잘나가는 스시집 오너 셰프가 됐다.

'기름진 맛'이라는 주제로 음식에 낀 지방의 맛을 설명하는 기사를 진행할 땐, 좀 추접스러울 수도 있지만 기름기가 드러나도록 음식을 촬영해보기도 했다. 기름이 뚝뚝 흐르는 메로구이의 껍질과 살에 렌즈를 들이밀고, 아보카도의 으스러진 단면을 포착하고, 들기름에 부친 두부가 지면에서도 그 향이 느껴지도록 따뜻하고 촉촉하게 찍었다.

발이라는 주제로 족발, 우족, 닭발을 한데 모아 소개하는 기사를 기획하고는 손이 예쁜 모델 두 명을 섭외해 명품가방 다루듯이 들어보라

요청한 적도 있다.

기사에 필요한 식재료를 사러 도매상, 식재료상, 마트, 시장엘 가면 "이건 어디다 쓰려고?"라는 질문을 매번 받는다. "화보 촬영입니다" 하면 다들 머리 위로 물음표를 두세 개씩 띄운 얼굴이 된다. 그러곤 '이 걸?'과 '왜?'라는 뜻이 함축된 것이 분명한 "촬영이요??"라는 되물음 을 다시 던지곤 했다.

(다음 달에 계속)

냉장고 문을 다시 닫을 수 있는 의지

¶

어젯밤도 참지 못했다.

배달의민족 어플로 혼술용 참치 1인분을 시켰다. 야식은 보통 2~3만 원대나 하니 이게 모이면 꽤 큰 금액이 통장을 조용히 빠져나간다는 걸 알지만, 그 계산을 할 줄 아는 이성이 있었다면 야식을 시키진 않았을 터.

오밤중에 야식 주문을 하는 건 보통 이런 경우다. 밤에 할 일이 있는데 그 업무의 과중함이 술 한잔으로는 해결되지 않을 때. 물론 일찍 자고 일어나서 일을 해도 되고 그냥 빈속으로 일을 해도 되지만, 그 어떤 이유를 갖다 붙여도 야식을 먹어야 하는 이유가 논리적으로 늘 우세하다. 휴대폰에 얼굴을 들이밀어 얼굴인식 카드결제를 끝낼 때까진 적어도 그 논리가 완벽하다.

저녁 8시 이후가 되면 매번 이런 식욕과의 전쟁이다. 저녁을 좀 거하게 먹는 경우엔 나도 사람인지라 야식 생각이 잘 나지 않지만, 보통은 저녁을 가볍게 먹고 6시 이후엔 공복을 유지할 요량으로 식단관리를 하다 보면 8시 이후부터 나와의 싸움이 시작된다.

모든 '야식러'들이 그러하듯 냉장고 문을 열었다 닫았다를 일단 반복

한다. 아무리 텅 빈 냉장고라도 열 때마다 어떻게든 요리해 먹을 수 있는 식재료가 눈에 띈다. 하다못해 대파, 계란, 케첩만 있어도 중국집 못지않은 볶음밥을 만들 수 있다.

일단 냉동실 문을 열었다 하면 그때부턴 욕망을 참기가 더 힘들다. 냉동만두는 구세군이다. 회사 선배가 언젠가 현대인의 구황작물이 냉동만두라고 말한 적이 있는데, 그 후론 보릿고개를 넘어가는 것도 아니면서 냉동만두를 늘 비축해두곤 한다. 기름에 바삭하게 구우면 완벽한 화이트와인 안주가 되니까.

작년부터 우리 집 냉장고에는 퀄리티 좋은 간편식이 가득 차 있다. 유명 맛집의 떡볶이나 쌀국수, 반찬 세 가지와 병아리콩 섞은 밥으로 구성된 500킬로칼로리 미만의 꽤 훌륭한 도시락은 해동만 하면 만족스러운 한 끼 식사가 된다.

그밖에도 먹을거리는 넘친다. 얼린 삼겹살과 한우 갈빗살, 먹고 남긴 피자 세 조각, 엄마가 끓여주고 간 꽃게탕…. 어떤 선택을 해도 이 밤이 행복할 것을 알기에 고민은 자꾸만 깊어져간다.

냉장고 문을 어서 닫으라는 쨍한 경고음이 적막한 집 안에 작은 진동을 주면 내 고개는 덩달아 발끝을 향한다. 곧 한숨 같은 것이 삐져나오는데 대개는 내가 진다, 나에게.

야식을 향한 욕망 드라이브에 기름을 붓는 몇 가지 아이템이 있다. 야식을 참기 위한 나의 첫 번째 노력은 일단 이 증폭제 음식을 집에서 없애는 것이다. 부엌 찬장 안쪽에 쌓여 있는 짜파게티와 비빔면이 바로 그 원흉이다. 야밤의 식욕이 폭발할 때 이 두 가지가 발견되면, 아차 하는 사이에 이미 물이 냄비에서 끓고 있다.

먹고 싶은 욕망을 참는 일은 습관이자 훈련인데, 나는 이미 너무 많은 충동을 실천에 옮겼고 그것의 쾌감을 달콤하게 맛본 바 있다. 멈추기가 쉽지 않다.

한번은 국수 기행 때 방문했던 홍성 홍북식당의 안 매운 칼국수가 갑자기 떠올랐다. 그 뜨끈하고 개운한 국물과 쫄깃하게 씹히는 칼국수의 조화가 머릿속을 가득 채우기 시작했다. 토요일 밤 11시가 다 된 시간이었다. 결국 참지 못하고 기어이 차를 끌고 홍천으로 내려갔다. 내려가면서 호텔 앱으로 칼국수집 인근의 온천 호텔을 예약했다. 이곳에서 1박을 한 뒤 아침에 온천까지 야무지게 끝내고는, 칼국수 한 그릇을 개운하게 먹었다.

(다음 달에 계속)

먼슬리에세이 04 공간욕

자기만의 (책)방

2020년 9월 7일 초판 1쇄

2020년 9월 28일 초판 3쇄

지은이 이유미

펴낸이 남연정

디자인 석윤이

펴낸곳 드렁큰에디터

출판등록 2020년 4월 20일 제2020-000042호

이메일 drunken.editor.book@gmail.com

인스타그램 @drunken_editor

ⓒ 이유미, 2020

ISBN 979-11-90931-09-0 (02810)